KB017021

지금도
눈물을 참고 있나요

지금도
눈물을 참고 있나요

초판 1쇄 인쇄 2016년 6월 07일
초판 1쇄 발행 2016년 6월 13일

지은이 노자영 · 박인환 · 이상 외
발행인 임채성
디자인 산타클로스

펴낸곳 도서출판 판테온하우스
주 소 서울시 양천구 목동 923-14 드림타워 제10층 1010호
전 화 070-4121-6304   **팩 스** 02)332-6306
메 일 pacemaker386@gmail.com
카 페 http://cafe.naver.com/lewuinhewit

출판등록 2010년 4월 22일(신고번호 제313-2010-119호)

종이책 ISBN 978-89-94943-30-5   03810
전자책 ISBN 978-89-94943-31-2   05810

이 도서의 국립중앙도서관 출판시도서목록(CIP)은 서지정보유통지원시스템 홈페이지
(http://seoji.nl.go.kr)와 국가자료공동목록시스템(http://www.nl.go.kr/kolisnet)에서 이용
하실 수 있습니다. (CIP제어번호: CIP2016012218)

• 이 책은 도서출판 판테온하우스와 저작권자와의 계약에 따라 발행한 것이므로
  본사의 서면 허락 없이는 어떠한 형태나 수단으로도 이 책의 내용을 이용할 수 없습니다.
• 파본은 본사와 구입하신 서점에서 교환해드립니다.
• 책값은 뒤표지에 있습니다.

지금도
눈물을 참고 있나요

송두리째 삶을 뒤흔들고 간 사랑에 대한 기억과 단상!
기억의 갈피에 곱게 접어 넣어뒀던 아름다운 사랑 이야기

글 노자영 · 박인환 · 이상 외

판테온하우스

송두리째 삶을 뒤흔들고 간
사랑에 대한 기억과 단상

우리는 매일 사랑에 관한 수많은 말과 글을 접한다. 이에 때로는 가슴 절절한 그리움에 감동의 눈물을 흘리기도 하고, 이별 뒤의 진한 아픔에 마치 내 일처럼 안타까워하기도 한다.

이상, 이효석, 박인환, 이광수, 노자영…… 각자 책 몇 권쯤은 너끈히 엮어낼 수 있는 우리 문학사의 내로라하는 작가들이다. 그들 역시 수많은 작품 속에 사랑에 관한 이야기를 담았다. 마냥 아프고 설레게 했던 첫사랑의 추억과 기억을 풀어내기도 했고, 폭풍처럼 몰아친 짝사랑의 아픔과 그리움에 관해서 이야기하기도 했으며, 가슴을 먹먹하게 했던 이별 뒤의 그리움을 절절하게 표현하기도 했다. 나아가 예민한 촉수를 뻗어 다른 이들의 사랑 이야기를 옮기기도 했다. 그래서일까. 아직 휘발되지 않은 그리움을 가득 담은 이야기를 읽노라면 나도 모르게 가슴이 아려온다.

그렇다면 그들은 과연 어떤 사랑을 했을까. 그들이 들려주는 사랑의 스펙트럼은 그야말로 다양하다. 첫사랑, 짝사랑, 스쳐 간 사랑뿐 아니라 먼저 죽은 부인에 대한 참회록, 어린 나이에 엄마를 잃은 딸에 대한 애틋한 사랑, 세상을 먼저 떠난 아들에 대한 애끓는 사랑까지…….

사랑에 관한 한 나는 두꺼운 참회록을 써야 할 것이다. 그러나 그것을 할 수 있을지 없을지는 의문이다. 한 구절도 빼지 않고 진실을 말하기가 어렵기 때문이다. 그렇다면 언제쯤이면 충분히 고백할 수 있는 날이 올까.

-이효석, '사랑에 관한 참회록' 중에서

나는 정신 잃은 사람처럼 한동안 우두커니 서 있었습니다. 소중한 것을 갑자기 잃어버린 듯도 했고, 머리를 문지방에 부딪친 사람처럼 멍하기도 했습니다. 그러면서도 지금까지 맛보지 못했던 말할 수 없는 기쁨을 맛본 듯했습니다.

-이광수, '잊을 수 없는 일분' 중에서

이처럼 우리 문학을 빛낸 걸출한 작가들이 풀어내는 다양한 빛깔의 사랑 이야기는 저마다 기억의 갈피에 곱게 접어 넣어뒀던 아름답고 애잔한 사랑의 추억들을 흔들어 깨운다.

사랑으로 인한 상처는 진한 그리움이 되기도 하며 살아가는 힘을 주기도 한다. 그런 점에서 이 책은 가슴속에 오래가는 잔향을 남길 뿐만 아니라 진정한 사랑의 의미를 깨닫게 한다.

차 례

프롤로그

"사랑이란 게 처음부터 풍덩 빠져버리는 건 줄만 알았지,
이렇게 서서히 물들어 가는 것인 줄은 미처 몰랐어."

– 영화 〈미술관 옆 동물원〉 중에서

• **일러두기**

_독자의 이해를 돕기 위해 본문의 띄어쓰기와 맞춤법은 가능한 한 현대어 표기법을 따랐으며,
내용 이해가 어려운 경우에 한해 원문과 현대어를 함께 표기했습니다.

사랑이란눈물에젖은이름!

그이름아름답다고가슴에새겨보았더니

아서라, 덧없어라

봄날의피는꽃과같이

열흘도붉지못하고힘없이지네.

_노자영, 〈사랑의 애가〉 중에서

행복이라는 꽃이 피었습니다

_노자영

어제 보낸 편지를 지금 받았습니다.

요즘 나는 당신의 편지를 읽는 기쁨으로 설렙니다. 그래서 잠만 깨면 당신의 편지를 기다리곤 합니다.

가을과 함께 이곳에는 각양각색의 들국화가 마당 가득 피었습니다.

달이 곱게 뜬 밤이면 당신을 떠올리며 그 주위를 걷곤 합니다. 그럴 때마다 당신 생각에 눈물짓지요.

그렇습니다. 내 마음에는 당신으로 인해 '행복'이라는 이름의 꽃이 가득 피었습니다.

고요한 산속의 생활……내 귀에 들리는 소리가 있다면 그것은 물소리요, 내게 말하는 이가 있다면 그것은 작은 새의 노랫소리일 것입니다.

가을바람이 불고, 들국화가 춤을 추는 이곳에서, 내 영혼은 날개를 펴고 꽃으로 수놓은 사랑의 터를 닦고 있답니다.

당신과 함께 웃고 울던 곳, 당신과 함께 노래하던 곳, 당신과 함께 미래를 이야기하던 곳……

아, 아름다운 곳! 애달픈 추억!

웅장한 물소리가 한없이 흘러가고, 고요한 달빛 아래 풀벌레가 울면, 단잠을 자던 S寺도 눈을 비비며 잠에서 깨어납니다. 이에 나 역시 잠에서 깨어나 창을 열며 소원을 빕니다.

"내 사랑을 보내주소서!"

영원의 적막 속에 저 푸른 소나무들이 하늘을 향해 떠오를 때, 내 마음은 어디로, 누구를 향해 가는지……

밤마다 법의(法衣, 승려가 입는 옷)를 입고 기도하는 큰 숲 속에 내 마음에 이르는 성모의 궁전을 세우려 합니다.

지난밤에는 이 몸이 꿈이 되어 당신의 집을 찾아갔었습니다. 나는 그 밤이 새도록 홀로 서 있다가 문을 두드려 보았지만, 당신은 잠만 자더이다. 할 수 없이 고달픈 다리를 이끌고 다시 몇백 리 산길을 울면서 돌아와야 했습니다. 만일 내 마음에 발이 있다면 당신 집 뒤뜰에 흔적이 남아 있을 테니, 그 흔적을 보거든 내가 다녀간 줄 아세요.

오늘은 온종일 날이 흐렸습니다. 이따금 비도 내렸고요. 그래서 밖에 나가지 않고 누워서 아픈 다리를 쉬었습니다.

어제 보내드린 꽃은 보셨는지요. S사 산곡(山曲, 산모퉁이)에서 외롭게 자란 불쌍한 꽃입니다. 그러니 밥 잘 먹이고, 전차와 버스도 좀 태워서 서울 구경을 시켜주시기 바랍니다. 또 동물원과 남산, 한강 그리고 당신

집 뜰도 구경시켜주세요.

그런데 유는 남의 편지를 외상으로만 잡수시니, 대체 그 빚은 언제 갚으시렵니까? 빚을 많이 지면 몸까지 괴로울 수 있습니다.

그러면 내일 또 쓰렵니다. 안녕히 계시길 바랍니다.

-1939년 서간집《나의 화환》
원제 : 사랑하는 사람에게

세상에서 가장 큰 슬픔

_노자영

실례인 줄 알면서도 이 글을 씁니다. 용서하십시오. 가슴에 가득한 애틋한 이 마음을 말로는 도저히 표현할 수 없기에 펜을 들었습니다. 나는 세상에서 가장 큰 슬픔이라고 하고 싶습니다.

나는 진정입니다. 당신을 생각하며 한없이 울었어요. 그런데 당신은 내 이름은 고사하고, 나라는 존재까지도 아는지 모르는지.

이런 생각을 하면 가슴이 답답합니다. 그래서 생각다 못해 이 글을 씁니다. 만일 당신이 그런 내 마음을 조금이라도 알아주신다면 나는 만족합니다.

당신을 알게 된 건 지금으로부터 두 해 전 가을이었습니다. ○○ 고교에서 금강산 여행을 갔을 때였습니다. 당신 역시 친구들과 함께 갔었지요. 다행인지 불행인지 그때 우리는 한 차를 타게 되었습니다. 그때 본 당신의 인상이 너무도 강렬하게 머릿속에 남아있습니다. 지금까지 내가 상상해오던 환영(幻影, 눈에 없는 것이 있는 것처럼 보이는 것)과 조금도 다르지 않은 당신을—— 발견한 그때, 다른 아이들은 떠들면서 이야기로 꽃을 피웠지만, 나는 당신을 바라보며 정신을 잃고 말았습니다.

그때부터 내 정신은 완전히 당신에게 빼앗기고 말았지요. 그 후 당신의 집을 찾기 위해 얼마나 고심했는지 모르실 겁니다. 당신의 그림자라도 보고 싶어서 날마다 당신의 집을 찾았지요. 하지만 당신은 내 존재마저 모르는 듯했습니다.

아, 괴롭습니다. 2년이란 세월이 짧다면 짧지만, 내게는 길고도 괴로운 날이었습니다. 오늘도 비 내리는 거리에서 우산을 쓰고 지나가는 당신의 뒷모습을 멀거니 바라만 보았습니다.

그런데 갑자기 이렇게 글을 드리면 나를 이상한 사람으로 생각하지 않을지 걱정입니다. 그러나 용서하십시오. 변명은 하지 않으렵니다. 다만, 나쁜 사람이 아닌 것만은 진정으로 고백하고 싶습니다.

당신을 알게 된 후부터 더 열심히 공부하고 더 많은 책을 읽습니다. 훌륭한 인격을 갖추기 위해서입니다. 만일 이를 반대하시면 시골에 계신 부모님께 알려 통혼(通婚, 혼인할 의사를 전함)하도록 하겠습니다. 저는 그것을 그리 좋게 생각하지는 않지만, 당신이 원하신다면 어떤 형식이라도 모두 밟겠습니다. 그리고 한층 더 노력해 공부하겠습니다. 만일 당신이 학자를 좋아하신다면 학자가 되기 위해 힘쓸 것이고, 실업가를 좋아하신다면 실업가가 되기 위해 노력하겠습니다. 그러니, 부디 당신과 함께할 내 운명의 지배자는 당신뿐이라는 걸 꼭 알아주십시오. 진정입니다.

나는 소설을 통해 온갖 슬픈 사랑을 접했습니다. 그러나 내 사랑만은 승리의 사랑이 되기를 아침마다 기원합니다.

사실 이 글을 쓰기 전에 매우 주저하였습니다. 그래서 이 글이 나라는 사람을 당신에게 인식시켜준다면 그것만으로도 기쁠 것입니다.

어여쁜 내 마음의 천사여! 부디, 내 순정을 알아주십시오. 그것만으로도 감사히 생각하겠나이다.

나는 몇 번이나 거듭 내 마음을 시험해보았습니다. 이것이 일시적 감정이 아닌가 하고—— 그러나 내가 본 여자가 당신만이 아니고, 세상에 당신 혼자만 사는 것도 아닙니다. 당신을 단념하려고 애도 써보았습니다. 그러나 그것은 어리석은 노릇이었습니다. 이 괴로운 날이 다시는 계속되지 않기를 바라며 글을 끝맺습니다.

길이길이 안녕하시고, 한마디라도 좋으니 이 마음을 알아주시기 바랍니다.

10월 10일 영일 올림

-1939년 서간집 《나의 화환》
원제 : 사랑을 고백하며

내 마음을 아는지 모르는지

_노자영

오늘은 31일 아침!

금잔화 꽃잎 위에 흰 이슬이 내리고, 하늘빛 법의(法衣, 스님들이 입는 옷)를 입은 소나무에서는 매미가 웁니다. 그리고 처녀의 가슴 같은 빨간 햇빛이 나무 사이에 비치자 가지에 맺힌 이슬은 모두 금구슬이 되었습니다.

아침 일찍 약수터에 다녀오는 길에 반석(盤石, 넓고 평평한 돌) 위에서 책을 보았습니다. 푸른 실 같은 뽀얀 안개가 산골짜기에 자욱하여 그야말로 무슨 신비의 낙원 같더이다. 거룩하신 우리 님이 행여나 그곳에 계실까 해서 찾아 올라갔더니, 그곳에도 당신은 계시지 않더이다. 대신, 산새들이 이슬 맺힌 산개나리를 보고 뭐라고 부지런히 속삭이더이다.

어제저녁에는 정말 거룩한 S사를 보았습니다. 수많은 소나무가 검은 머리를 풀어헤친 채 두 손을 모아 하늘 아래 묵례를 하더이다. 그사이에 푸른 별은 은실을 갖고 땅 위로 내려오고, 개똥벌레 몇 마리가 파란 등을 가지고 개천가를 찾아다니더군요. 누구를 찾는지는 모르지만……. 그리고 어디로 가는지 미풍의 노래가 하늘의 별과 함께 속삭이더이다. 이때 S寺는 하나의 거룩한 시(詩)의 처녀가 되어 대지에 자리를 펴고 고요한 꿈을 지켰지요.

나는 꿈이 되어 당신을 찾아갔습니다. 그러나 당신은 아는지 모르는지 잠만 자지 뭡니까. 할 수 없이 별이 되어 당신 창을 새벽까지 비출 수밖에. 미풍이 되어 당신 이마에 밤새도록 붙어 있을 수밖에.

사진은 보내지 않겠다고요? 흉해도 내 사랑이요, 미워도 내 사람이 아닙니까? 그런 소리가 나는 듣기 싫습니다. 그러니 당신은 언제나 진실함을 지닌 깨달음 있는 여성이 되어 별빛 아래 곧은 마음을 매어두세요.

그러면 내일 다시……

－1939년 서간집 《나의 화환》
원제 : 꿈이나 되어 당신을 찾을까

당신의 사람이 되고 싶습니다

_노자영

요즘 어떻게 지내시는지요? 지척이 천 리라고 같은 서울에 있으면서도 뵐 수조차 없구려.

아, 그리운 진주(眞珠) 씨!

늘 당신을 생각하고, 늘 당신을 못 잊어 헤매는 줄 당신은 모르시겠지요. 어젯밤에도 당신을 생각하며 헤매다가 결국 잠을 이루지 못한 채 시 한 편을 지었습니다. 이 시는 당신을 향한 나의 거짓 없는 마음이기도 합니다. 그러니 나의 이 붉은 심장에 새긴 시를 부디 읽어주시기 바랍니다.

알뜰히 고운 마음 한 마리 새가 되어
당신 창 옆에 우는 하나의 가수가 되리다.
새 중에도 빛깔 고운 꾀꼬리가 되어
그 맑은 곡조로 당신 방을 곱게 울리리니

당신은 고요히 귀를 기울이소서!

티 없이 자란 마음 한 개의 별이 되어

당신의 방을 지키는 하나의 파수꾼이 되리라.

별 중에도 가장 고운 오리온이 되어

그 맑은 빛으로 당신 방을 고이 지킬 테니

당신은 그 방에서 곱게 주무십시오.

이 시야말로 당신을 향한 나의 진정한 마음입니다.

나는 평생 당신을 위해 사는 어진 종이 되고 싶습니다. 나는 평생 당신을 위해 일하는 거센 파수꾼이 되고 싶습니다.

진주 씨!

당신은 이 마음을 아시는지요?

나는 내 생명과 내 정열과 내 모든 것을 다 바쳐 당신을 행복하게 해드리고 싶습니다. 만일 내게 북극에 가서 펭귄을 잡아 오라고 하면 아무 말 없이 다녀오리다. 또 내게 남극에 가서 '유마린' 진주를 캐어 오라고 하면, 만일 그것이 당신의 소원이라면, 그 머나먼 남극 역시 멀다 하지 않고 다녀오리다.

아, 진주 씨!

나는 당신의 사람입니다. 당신을 위해 일생을 바치려는 사람입니다. 그러니 손을 벌려 잡아주지 않으시렵니까?

부디, 이 편지를 보시고 기쁜 답장을 주시기 바랍니다.

끝으로, 당신의 몸 위에 한없는 행복이 내리기를 바랍니다.

그럼 내내 안녕하시옵소서.

당신을 위해 사는 김송운 드림

-1939년 서간집 《나의 화환》
원제 : 당신 창문 옆에서 우는 한 마리 새

마음이 텅 빈 것만 같아

_노자영

　사랑하는 그대여!

　서울에 잘 도착했다는 편지를 보고 무척 기뻤습니다.

　사실 당신이 떠난 후 나는 쓸쓸하기 그지없었답니다. 하지만 무정한 기차는 당신을 태우고 가버리고 말았지요. 나까지 데리고 가던지, 그렇지 않으면 당신의 그림자라도 남겨두고 갔으면 그렇게까지 쓸쓸하지 않았을 텐데…….

　당신이 탄 기차가 개천을 건너 산모퉁이를 돌아 꿈같은 안갯속으로 사라질 때, 나는 미친 듯이 손수건을 흔들었습니다. 그러나 이내 눈앞에서 사라지고 말았습니다. 할 수 없이 나는 허전하고 슬픈 가슴에 공허(空虛, 아무것도 없는 텅 빈 상태)를 가득 부여안고 돌아와야 했습니다.

　그런데 이게 무슨 일입니까? 나무 한 그루, 돌 한 개 없어지지 않았건만, 내게는 세상이 모두 변하고, 모든 것이 텅 빈 것만 같았습니다.

당신과 함께 행복한 시간을 보냈던 방, 함께 앉아서 기뻐하고 웃음 짓던 방──그 방에는 당신이 꽂아둔 백합도 아직 웃고 있고, 당신과 함께 보던 그림과 책도 아직 그대로 있건만, 내게는 모든 것이 변하고 떠나버린 듯합니다.

아, 나 혼자만이 북극 빙원(氷原, 매우 큰 얼음 덩어리)으로 몰려온 듯합니다.

허공을 향해 당신의 이름을 몇 번이나 불렀는지 모릅니다. 물론 당신이 내 옆에 없는 줄 이성은 잘 알고 있지만, 감정은 아직 당신을 놓아주지 못했나 봅니다.

영희 씨!

당신에게는 그 소리가 들리지 않나요? 소나무 숲을 스치는 저 바람이 당신의 목소리일까요? 그렇다면 그 목소리만이라도 귀를 기울여 듣도록 하겠습니다.

푸른 시냇가에 짙푸르게 우거진 송림 사이를 거닐며 먼 하늘을 쳐다봅니다. 흰 구름 한 점이 남쪽 하늘을 향해 둥실둥실 떠내려가는 것이 보입니다.

아, 나도 구름이 되어 당신이 있는 곳으로 찾아갈까요?

나는 부지중(不知中, 모르는 사이에)에 송림을 껴안고 마치 당신인 듯 입을 맞추었나이다. 구슬프게 우는 작은 새를 보고 당신인 듯 그 노래에 귀를 기울였나이다.

나의 영희 씨!

당신은 내 마음에 심은 한 포기 영원한 꽃이요, 내 마음에 우는 한 마리 작은 새입니다.

당신의 서늘한 음성은 여전히 내 귓가에 돌고, 맑은 눈 역시 내 마음속에 그대로 남아 있습니다. 그래서일까요. 오늘 아침에도 약수를 마시러 다녀오면서 개천가 바위 위에 홀로 앉아 당신을 그리워했습니다. 그러나 돌아보면 아무도 없고 물소리만 돌돌 흐르더이다.

어서 빨리 당신이 계신 곳으로 가야겠습니다.

당신이 없는 곳에서는 살아갈 수 없습니다.

그럼, 다시 볼 때까지 잘 지내시길 바랍니다.

잊지 말고, 날마다 편지해주세요.

－1939년 서간집 《나의 화환》

원제 : 애인을 보내고

단 하루를 살더라도

_노자영

영희 씨!

보내주신 글 감사히 읽었습니다.

밤새 안녕하신지요? 벌써 가을바람이 솔솔 붑니다. 어느새 붉게 물든 감나무 잎이 소리를 치며 떨어집니다.

가을! 적막을 말하는 시즌!

그러나 가을에도 꽃이 피지 않습니까? 그 꽃은 봄에 피는 꽃보다 더 붉고 아름답지요.

내 마음에도 불타는 홍장미가 피고 있습니다.

영희 씨!

혹시 내가 전에 드린 말이 실례가 되었는지요? 하지만 몇만 번이나 생각하고 생각한 끝에 한 말입니다. 그러니 분명 착각은 아닙니다. 그런데 착각이라고 하시니, 내 마음이 찢어질 듯합니다.

영희 씨!

지금 내 심경을 솔직하게 말하자면, 사랑! 그것은 너무나 평범한 글자라고밖에 할 수 없습니다. 더욱 더 숭고하고 거짓 없는 영혼의 부르짖음이었어요.

영희 씨에 대한 내 마음을 털어놓자면…… 그것은 구원이라고 할 수 있습니다. 당신만이 이 세상에서 나를 구원할 수 있는 단 한 명의 여성이기 때문입니다. 당신을 처음 봤을 때 얼마나 기뻤는지 아세요? 아! 나는 이런 생각을 하면 소름이 끼치도록 기쁩니다.

영희 씨!

나는 당신을 위해 내 생명을 아끼지 않겠습니다. 이것만은 굳게 맹세하겠습니다. 나와 당신을 둘러싼 온―세상이 적이라면 나는 용감히 싸우겠습니다. 당신을 떠난 내 삶은 산송장이나 마찬가지이니까요.

그러나 문제가 하나 있습니다. 말하기조차 무서운 그것은 바로 '당신이 나를 사랑하느냐'는 것입니다.

아―당신이 나를 사랑한다면, 얼마나 행복할까요? 단 하루를 살고 죽더라도 최고의 행복을 느낄 수 있을 것입니다.

영희 씨!

나는 이 말을 쓰는 것을 매우 주저했습니다. 그래서 몇천 번이나 벼르고 벼르다가 오늘에야 비로소 그 마음을 털어놓습니다.

당신의 진정한 마음만 알 수 있다면 나는 아무것도 문제 삼지 않겠습니다. 그리고 최선을 다해 노력하겠습니다. 당신을 행복하게 할 수만 있다면 온 힘을 다해 출세도 하고 돈도 열심히 모으겠습니다. 부모의 반대나 형제들의 만류 역시 참고 이겨낼 수 있습니다. 내가 당신을 사랑하듯 당신 역시 나를 사랑한다면 말입니다.

아, 내 구원의 사람이여…… 깊이 생각하소서. 그렇지 않으면 나는 당신의 종이라도 되어 기쁘게 당신을 섬기리다. 하늘을 두고 맹세하니, 부디 나의 진실한 마음을 알아주소서.

신에게 화살을 보내어 당신 가슴을 그 화살로 불 질러 달라고 빌겠나이다. 이 밤이 새도록……

문일 드림

– 1939년 서간집 《나의 화환》
원제 : 나의 천사 영희 씨에게

울고만 싶을 뿐

_노자영

오늘은 7월 23일.

푸른 하늘에 흰 구름이 연꽃같이 피고 짙은 녹음(綠陰, 푸른 잎이 우거진 나무나 수풀) 사이에서 매미가 웁니다.

오늘 아침 9시에 유의 편지를 받았습니다. 이에 먼저 그 편지에 키스하고 한참을 머뭇거리다가 힘 있게 봉투를 떼었습니다. 하지만 곧 실망하고 말았습니다. 그렇게도 바라던 유가 오지 않는다지 뭡니까.

아, 울고만 싶었습니다. 고독의 수레를 타고, 나 홀로 무변 사막(無邊沙漠, 끝이 없는 사막)으로 몰려가는 듯했습니다.

K 씨! 만일 오늘 아침 당신 집 후원(後苑, 집 뒤에 있는 작은 정원)에 이슬이 내렸거든 내 눈물인 줄 알아주세요. 그리고 그 이슬을 부디 떨어버리지 마시고 당신의 수건으로 받아주세요. 또 만일 당신 집 뒤 숲에 작은 새가 와서 간절히 울거든 내 넋이라고 생각하시고, 부디 그 새를 쫓지 말

아주세요. 또 만일 오늘 밤 당신 집 창문 위로 푸른 별이 보이거든 당신을 지키는 내 눈동자라고 생각해주세요.

아, 그리운 님이여! 당신은 어디에 계십니까? 내가 울지 못하고 기다리려도 절대 오지 않는 님이여! oh my darling!

어제저녁에는 개천가 바위 위에 앉아서 오봉산의 어린 송화색(松花色) 노을을 바라보며 애달픈 마음으로 유를 생각했습니다. 나는 당신을 위해 살고, 사회를 위해 살고, 내 이상을 위해 살려는 것밖에는 아무것도 없습니다. 그리고 내 마음은 유 하나만으로 가득히 채워져 있습니다. 그러니 유가 아닌 다른 사람을 생각할 틈이라곤 전혀 없습니다. 사랑이란 그렇게도 값싼 것일까요? 그렇다면 나는 사랑이란 그 진실을 당신에게서 찾아볼까 합니다.

당신이 계신 서울이 그립습니다. 이에 건강만 허락한다면 오늘이라도 상경하고 싶습니다. 왜 당신이 계신 서울을 떠났을까요? 녹음 짙은 이곳도 당신이 없으면 괴로운 곳에 불과합니다.

아, 그리운 이여!

나는 날마다 약수터에 들려 서늘한 약수를 마신 후 송림에 들려 반석(盤石, 넓고 평평한 돌) 위에서 노래를 부르곤 합니다. 그러다가 당신의 서늘한 눈동자를 떠올립니다. 반석 밑으로는 물결이 부딪히며 천 조각 만 조각의 구슬이 맺힙니다. 하지만 뉘와 함께 그 구슬을 따오리까? 짙푸른 녹음 아래서는 바윗돌이 눈을 감은 채 마치 성자(聖者)와 같이 기도를 합니다. 하지만 나는 뉘와 함께 기도하오리까?

아, 구름이라도 되었다면 바람에 둥실둥실 실려 당신이 계신 인왕산 밑까지 흘러가련만. 아, 별이라도 된다면 당신의 얼굴을 엿보기라도 하련만.

최근 들어 많은 피서객이 S사를 방문하고 있습니다. 하지만 내 주위에는 사람이 전혀 없습니다. S사에는 꽃도 많이 핍니다. 그러나 내게는 풀 한 포기조차 없습니다. 오, 내 마음의 꽃이여, 내 가슴의 사람이여!

어제는 일찍 약수를 마신 후 유가 오신다고 해서 오랜만에 방 청소를 했습니다. 그리고 유가 좋아하는 산개나리를 꺾어다가 꽂아놓고 이른 점심을 먹었습니다. 그 후 멋진 넥타이를 매고 역으로 마중을 나갔지요. 그러나 S역에는 기차가 내뿜어놓은 하얀 연기만 남아 있을 뿐 한 사람도 내리지 않습니다. 그림자만 데리고 혼자 돌아올 때 이 마음은 얼마나 외로웠을까요?

아, 사랑하는 이여! 도대체 언제 오시렵니까?

7월 23일

- 1939년 서간집 《나의 화환》
원제 : 고독의 호소문

다시 볼 수 없다고 생각하니

_노자영

여기는 부전고원(赴戰高原, 개마고원 남쪽에 있는 명승지)! 지금은 나뭇잎 떨어지는 가을——

가을은 왜 이다지도 적막합니까? 나는 지금 고원에 발을 붙이고 끝없이 펼쳐진 창공의 저편을 바라보고 있습니다. 흰 구름은 자취 없이 떠오르고, 산골의 가을 물소리는 더욱 구슬프게 들려옵니다.

정자 씨! 지금은 새도 울지 않아요. 꽃도 진 지 오래되었어요. 쌀쌀한 찬바람이 앙큼한 바위에 목메어 울 뿐입니다. 이렇게 쓸쓸한 곳에 나는 왜 온 것일까요? 손님이 끊어진 고원! 적막강산에 가을만 짙어가는 이곳에 말입니다.

아, 정자 씨!

당신이 생각날 때마다 가슴이 무너진 듯하여 이곳을 찾지 않을 수 없었습니다. 이곳은 당신과 내가 처음 인연을 맺은 곳이기 때문입니다. 우리 두 사람의 사랑이 작은 낙원을 만든 곳도 바로 이곳입니다.

나는 지금 우리가 날마다 사랑을 속삭이던 바위 위에 서 있습니다.

정자 씨! 벌써 세 번째 해(年)를 보냈구려. (아, 빠르다. 내가 그대를 잃은 지도……) 덧없이 가는 세월을 뉘라서 잡으리까. 그동안 세상이 변하고, 내 환경 역시 많이 변했건만, 내 마음만은…….

정자 씨! 당신 이름이라도 실컷 불러야만 마음이 시원해질 것 같습니다. 당신은 내 마음에 화석 같은 존재였어요. 하지만 당신은 이미 이 세상 사람이 아닙니다. 그래서 그런 생각일랑 하지 말자고 여러 번 결심했지만, 그 마음 역시 눈이 녹듯 사라지고 맙니다.

지금 이 글을 써서 뭐하리까? 붙일 곳도 없고, 받아 볼 사람도 없는 것을……

당신을 잃은 것은 내 몸의 반쪽을 잃은 것과도 같았습니다. 이에 어떤 사람은 내게 사내답지 못하다고 말하더이다. 그러나……

아, 정자 씨!

당신을 다시 볼 수 없다고 생각하니 앞이 캄캄해지고, 온몸에서 맥이 풀리고 맙니다.

공산(空山, 사람이 없는 산중)에는 서리 찬바람이 지나갈 뿐. 서러운 이 몸은 울고 가는 기러기를 보고 슬퍼하리까, 흘러가는 물결을 쥐고 탄식하리까.

당신은 나를 위해서 이 산골에서 코흘리개 아이들과 추우나 더우나 땀을 흘리며 지냈지요. 그렇게 갖은 고생을 다 하면서도 매달 내게 돈을 보낸 그 정성을 생각하면 눈물이 멈추지 않습니다.

당신의 피와 땀으로 인해 나는 지금 밥벌이나마 하고 있습니다. 그러나 내가 그 은혜를 갚아야 할 당신은 이제 백골이 되어 나를 기억이나 하는지……

정자 씨!

나는 당신이 육체만을 가졌다고 생각하지 않습니다. 그 아름다운 마음씨야말로 오늘 내가 여기 와서 당신을 생각하게 하는 이유이기 때문입니다. 하지만 그런들 뭐하겠습니까? 정신없이 앉아 있다가 돌아보면 여전히 나 혼자인 것을. 형체도 없는 당신은 왔는지 말았는지——

아, 괴롭다!

나 역시 인간인 이상 나와 같은 인간이 그립답니다. 아, 적막한 고원! 산에는 별빛이 울고 있어요. 그 별을 안고 호소라도 하리까? 발 앞에 지는 나뭇잎을 안고 통곡이라도 하리까? 하지만 그런들 뭐하겠습니까? 적막한 세상이 더욱 쓸쓸할 뿐입니다.

그토록 아름답던 당신이 가다니…….

나는 그것이 꿈이라고 몇 번이나 소리쳐 보기도 했습니다. 하지만 더는 당신은 없고, 당신이 살던 움집 위에서는 갈대만이 휘적휘적 바람에 휘날리더이다.

정자 씨!

당신은 내 사랑인 동시에 나의 은인입니다. 그래서 더더욱 당신을 잊을 수 없습니다.

당신을 잊지 않으려고, 나는 당신의 고운 사진을 시계 뒤에 붙여놓고 시계를 볼 때마다 쳐다봅니다. 하지만 무슨 소용이 있겠습니까? 이제 다시는 이 세상에서 만날 수 없는데…… 그러니 인생의 허무를 부르짖으면 뭐하며, 호소할 것조차 없는 이 설움을 여기에 쓴들 뭐하겠습니까?

정자! 이름만이라도 영원히 부르렵니다. 그리고 환영만이라도 내 기억에서 사라지지 않기를 바랍니다.

아, 아름답던 당신이여!

당신은 비록 나를 떠났지만, 당신이 남긴 향기만은 영원할 것입니다.

10월 말

- 1939년 서간집 《나의 화환》
원제 : 영원히 간 그대에게

누가 사랑을 달다고 했나

_노자영

성희 씨!

꽃이 피고, 잎이 지고, 화조월석(花朝月夕, 꽃 피는 아침과 달 밝은 밤이라는 뜻으로, 경치가 좋은 시절을 이르는 말) 고운 날이 몇 번이나 변하더니, 벌써 10년이라는 세월이 지났구려.

아, 가는 것은 세월이요, 빠른 것 역시 세월입니다. 누가 세월의 무상함을 탄식하지 않겠습니까? 그러나 세월이 가고, 시간이 가도, 당신은 언제나 이 가슴 속에 살아 있습니다.

아, 사랑은 영원한 것인가 봅니다. 저는 언제나 당신을 생각하며 이런 노래를 부르고 있습니다.

이내 몸은 하늘에서 홀로 우는 별
그대 몸은 거친 뜰에 홀로 피는 꽃

어차피 외로운 신세들이니
이 한밤 울어나 샐까
은옥색의 보름달 너무나 아깝다.

이내 몸은 창파(蒼波, 푸른 물결)에 노는 갈매기
그대 몸은 외로운 섬에 우는 등댓불
일엽주(一葉舟, 작은 나뭇잎 같은 조각배) 어영차 홀로 떠가니
님 그리워 어이 살까나
반금반옥(半金半玉) 밤 물결 더욱 슬프다.

노란 개나리꽃 담 너머 피고
연둣빛 봄새들 뒷산에서 우네
님이여, 이 밤에 안 오시려나?
내 속은 더욱더욱 불타는구나!
사창(紗窓, 비단을 바른 창) 위에 뜨는 달, 어이 지울까?

　당신과 함께 한강에서 뱃놀이하던 일, 장충단 송림에서 들꽃을 따던
일 등을 늘 가슴에 새겨두고 즐겁게 그때를 추억하며 슬픈 노래를 부르
고 있답니다. 그때는 서로 사랑을 하고 마음껏 즐거워하며, 행복의 철문
을 우리 앞에 세우려고 하지 않았습니까? 그러나 운명이 허락하지 않고,
환경이 허락지 아니하여, 당신과 나는 서로 갈라져, 당신은 다른 남자의

아내가 되고, 나 역시 다른 여자의 남편이 되고 말았습니다. 그러나 이 가슴에 박힌 사랑의 도장만은 쉽게 지을 수 없습니다.

아, 즐거운 것이 사랑이라면, 괴로운 것 역시 사랑입니다. 누가 사랑을 달다고 하였습니까? 달고 즐거운 것은 한때 뿐, 괴롭고 쓰린 것만이 남아 이 몸을 괴롭힐 뿐입니다.

성희 씨!

10년 전, 어느 초여름 저녁이었지요. 우리는 타산(駝山) 위에 앉아서 딸기 빛 같은 붉은 황혼 아래 금실이 엉킨 듯한 서쪽 하늘의 구름을 바라보며 이런 노래를 불렀습니다.

　　내 노래 보낼까? 황혼 저쪽에
　　금실 구름 좋거니와 내 사랑도 좋아
　　은별 금별 웃는 듯이 내려오는 밤에
　　님과 함께 이슬 내린 풀 길을 나는 걸으리.

그러나 성희 씨!

그 즐겁던 사랑의 노래는 다 어디로 갔습니까? 구름 같은 우리의 정열은 다 떠나버렸나요? 서쪽 하늘에는 날마다 금실구름이 뜨고, 아침저녁으로 풀밭에 이슬이 내리지만, 사랑은 가고, 행복도 가고, 괴로운 추억만이 가슴에 남고 말았습니다.

아, 한번 울고 싶고, 부르고 싶은 나의 성희 씨. 당신은 지금 어디에 계십니까? 나는 이제 옛날의 자취를 이 가슴에서 찾으며, 저 황혼 아래서 사랑 노래를 다시 부르렵니다. 그러나 그 노래를 다시 부른들 뭐하겠습니까? 이제는 애써 잊어버리렵니다.

5월 20일 영식 올림

- 1939년 서간집 《나의 화환》
원제 : 행복의 문은 영원하다

애야, 연아! 저 꽃을 보아라

젊은 이 가슴에 흔들리는 사랑꽃

그 입술 그 눈초리 조롱거릴 갑춘 복사꽃

담 밑에 수줍어서 혼자 피는 민들레꽃

외로운 꿈 숨은 한숨 고개 숙인 할미꽃

시악시 설운 사랑 눈물 어린 땅찔레꽃

애야, 연아! 그 꽃을 보려무나

젊은 이 가슴에 흔들리는 설움꽃.

_ 김현구, 〈사랑꽃 설움꽃〉

사랑에 관한 참회록

_이효석

사랑의 판도는 대체 얼마나 넓어야 하는지 마치 독재자가 세계지도를 잠식해 들어가면서 몰릴 줄 모르듯이 사람 역시 애욕의 포화(飽和, 더 이상의 양을 수용할 수 없이 가득 참)를 모르고 마는 것이 아닐까.

수평 뜰 안의 단란(團欒)을 알뜰히 지키는지만, 세상일에 대해서는 무지(無知)한 사내가 있다. 나는 그런 사내를 존경하고 부러워한다. 그들 부부 사이에 참으로 짙은 사랑이 흐를 때 그 좁은 영토의 권내(圈內, 구역)처럼 행복스런 곳이 또 어디 있으랴. 그러나 세상에는 참다운 사랑이라고 할 만한 경우가 드문 것이 사실이요, 사람들 역시 사랑이 아닌 것을 사랑이라고 착각하는 경우가 많다.

사람이 평생에 꼭 한 사람만을 사랑해야 하는 것이 옳은지 어쩐지는 각각 나라와 경전, 습속을 따라 다를 것이에다. 하지만 육체적으로나 정신적으로 사람처럼 커다란 자유를 갈망하는 것도 없다. 그러니 양팔에 사랑을 안고 다시 한눈을 팔게 된다고 해도 막을 수 없는 노릇이다. 태곳적에 갈라진 각 개체의 분신들은 현대에 이르러 그 수가 무한히 늘어난 까닭에 혼돈 속에서 착각에 빠지고 만 것이다. 이는 단원체(單元體)를 이원(二元)으로 갈라놓은 제우스의 실수였다.

지난날 사랑의 행장을 차례차례 더듬어 볼 때, 나는 참회의 의식 없이는 그것을 도저히 생각할 수가 없다.

첫째 나 자신에 대한 참회요, 둘째 먼저 가버린 아내에게 대한 참회다. 유독 아내에게만은 허물이 컸음을 얼마나 뉘우치면 다 뉘우칠 수 있을까. 아내를 사랑하지 않았던 것은 아니다. 그러나 아내가 나를 사랑했던 것의 10분지 1도 갚아주지 못했음이 부끄럽다.

아내는 왜 그리도 나를 끔찍하게 여겼을까. 오매지간(悟寐之間, 깨어 있을 때나 자고 있을 때, 즉 언제나)에 한시라도 내 건강을 걱정해주고, 나를 기쁘게 해주려고 노력하지 않은 시간이 없었다. 무슨 술기에라도 걸린 것처럼 일률적이고, 헌신적이었으며, 희생적이었다.

하지만 나는 그 행복을 때로는 답답하게 여겼다. 그러면서도 아내의 놀라운 심조(心操, 마음의 지조)를 속으로 두렵게 여기고 공경했다. 또한 마음의 주락(酒落, 세련된)한 자유를 구해 마지않았다. 그러고 보면 나는 욕심 많고 믿음직하지 못한 남편이었다. 하늘에 부끄럽고, 땅에 부끄럽다.

사랑에 관한 한 나는 두꺼운 참회록을 써야 할 것이다. 그러나 그것을 할 수 있을지 없을지는 의문이다. 한 구절도 빼지 않고 진실을 말하기가 어렵기 때문이다. 또한 누구나 할 수 있을 만큼 그리 쉬운 것도 아니다. 루소에게도 그것은 어려웠다고 하니까.

나는 그것을 모두 사랑이라고는 생각하지 않는다. 사랑인 경우도 있었고, 사랑이 아닌 경우도 있었다. 예를 들면, 돈황의 경우는 사랑이 아니라 방랑이었다. 단테와 베아트리체, 로미오와 줄리엣—그런 경우만이 참으로 사랑이다. 그렇다. 다섯 손가락을 꼽아도 남는 경우— 그것 모두가 반드시 사랑은 아니다. 그렇기 때문에 뉘우침이 있는 것이리라.

아내는 생전에 가끔 내게 이렇게 묻곤 했다.

"당신이 생각하는 이상(理想, 생각할 수 있는 범위 안에서 가장 완전하다고 여겨지는 것)적인 여자란 대체 어떤 여자예요?"

하지만 나는 아내에게서 내 이상의 대부분 구현(具現, 어떤 내용이 구체적인 사실로 나타나게 함)을 보고 있었다.

육체적으로나, 지적으로나 아내에게 필적할 만한 여자는 그리 쉽게 눈에 띄지 않았기 때문이다. 이에 아내는 나의 자랑거리 중 하나였다. 그런 점에서 사랑에 부질없이 이상만을 좇는 것은 여학교 졸업생의 설문 답안 같아서 신선함이 떨어진다고 할 수 있다.

나는 아내에게서 충분히 내 이상을 봤으면서도 미처 말하지 못한 몇 가지 비밀을 갖고 있었다. 하지만 그 비밀을 끝까지 모른 채 아내는 가고 말았다. 생각할수록 가슴이 아프다.

"착한 사람은 일찍 가는 법이에요."

마지막 무렵, 아내는 모든 것을 예상했던지 병실 침대에서 여러 차례

이 말을 되풀이했다. 참으로 착했던 까닭에, 너무도 단순했던 까닭에 오히려 일찍 갔는지도 모른다. 반대로 악한 까닭에 나는 남은 것이다.—이렇게 생각하는 것이 지금 내게는 가장 마음이 편하다.

그러나 이만한 정도의 참회만으로는 아내의 영(靈)을 도저히 위로할 수 없다. 그렇다면 언제쯤이면 충분히 고백할 수 있는 날이 올까. 또 그날을 기다리는 수밖에는 없는 걸까.

-1941년 11월 〈춘추〉

원제 : 사랑의 판도

안타깝고, 아름답고, 슬픈

_이효석

××에게 보내는 글발, 순정의 편지

번번이 잘도 끊어지는 기타의 높은 E 선을 새로 갈고 메르츠(Johann Kasper Mertz, 세계적인 기타 연주자)의 〈바르카롤(barcarolle, 이탈리아 베네치아의 곤돌라 사공의 노래)〉을 익혀 갈 때 한 소절 한 소절에 열정이 담기고, E 선은 간장을 녹일 듯한 애끓는 멜로디를 지어 갑니다. 나는 그 멜로디 속에 아름다운 뱃노래를 듣는 것이 아니라 항상 고요한 정경을 그리고 그대의 환영을 그려보곤 하오. 그러나 이상스런 것은 가장 잘 기억하고 있어야 할 그대의 얼굴이 아무리 애써도 생각나지 않은 때가 있는 것이요. 애쓰면 애쓸수록, 마치 익히지 못한 곡조와도 같이 얼굴의 모습은 조각조각 부서져 마음속에 이지러져 버려—문득 눈망울이 똑똑히 솟아오르나 코 맵시는 물에 풀린 그림같이 흐려지고, 턱의 윤곽이 분명히 생각날 때 입의 표정이 끝까지 떠오르지 않는구려. 코, 입, 눈, 이마,

턱, 귓불—이 모든 아름다운 것은 한군데 모여 똑똑히 조화되는 법 없이 장장이(하나하나의 낱장마다 빠짐없이) 날아 떨어진 꽃 판과도 같이 제 각각 흩어져 심술궂게 나의 마음을 조롱합니다. 흩어진 조각을 모아 기어코 아름다운 꿈의 탑을 쌓아 보려고 안타깝게 애쓰지만 이렇게 시작된 날은 이지러지기 시작하는 〈바르카롤〉의 곡조와도 같이 끝끝내 헛일일 뿐이다.

어여쁜 님이여! 심술궂은 얼굴이여! 나는 짜증을 내며 악기를 던지고 창기슭을 기어드는 우거진 겨우살이를 바라보거나 뜰에 나가 화초 사이를 거닐거나 하면서 톡톡히 복수할 방법을 생각하지요. 이번에 만날 때는 한시라도 그대를 내 곁에서 떠나게 하나 보지. 하루면 스물네 시간, 회화할 때나 책을 읽을 때나 풀밭에 앉아 생각에 잠길 때나 내 눈은 다만 그대의 얼굴을 위하여 생긴 것인 듯이 그대의 얼굴에서 잠시라도 시선을 옮기나 보지. 한 점 한 줄의 윤곽을 끌로 마음 벽에 새겨놓거든 그것이 유일의 복수의 방법이라고 생각하니까 말이요.

화단의 꽃이 한창 아름다운 게 여름도 아마 거의 끝나나 보오. 올해는 그리운 바다에도, 산에도 가지 못하고 무더운 거리에서 결국 한여름을 다 지나게 되었구려.

화단에 조개껍데기가 없으니 바닷소리를 들을 수 없고, 뜰에 사시나무가 없으니 산속의 숨결 또한 느낄 수 없지만, 그대를 그리워하는 괴로움에 비하면 그런 무료함은 얼마든지 견딜 수 있소.

그러나 가을. 다가오는 가을! 아름답게 빛나면서도 안타깝게 뼈를 찌르는 가을! 새어드는 가을과 함께 그대를 그리워하는 회포가 얼마나 나의 간장을 찌를지 나는 겁내는 것이오. 물드는 나뭇잎도 요란한 벌레 소리도 그대의 자태가 내 곁에 없고서야 무슨 소용이 있겠소. 나는 그대를 생각지 않고 자연을 그리워한 적은 한 번도 없었소. 벌레 소리 그친 찬 새벽 침대 위에서 눈을 뜬 채 나는 필연코 울 것이오. 자칫하다가는 어린애 같이 엉엉 울 것이오. 이 큰 어린아이를 달래줄 어머니는 세상에 없을 법하오. 사랑은 만족을 모르는 바닷속과도 같다고나 할까.

가령, 나는 진달래꽃을 잘강잘강 씹듯이 그대를 먹어 버린다고 하여도 오히려 차지 못할 것이며, 사랑은 안타깝고, 아름답고, 슬픈 것─아름다우니까 슬픈 것─슬프리만치 아름다운 것입니다. 내가 우는 것은 그 아름다운 정을 못 잊어서지요. 사랑 앞에 목숨이란 다 무엇하자는 것일까. 희망과 야심과 계획의 감격이 일찍이 사랑의 감동을 넘은 때가 있었던가. 사랑 때문이라면 이 몸이 타서 재가 된다고 해도 겁이 나지 않소. 아니 차라리 그것을 원하오.

사랑하는 님이여! 나를 태우소서! 깨트리소서! 와싹 부숴버리소서! 아, 그 순간 나는 얼마나 아름답게 빛날 것인가. 흩어지는 불꽃같이, 사라지는 곡조같이 아름다운 것이 또 어디 있겠소? 그 특권의 노예가 됨이 내게는 도리어 영광이오.

사랑을 말할 때 수백 마딘들 충분하겠소? 수천 줄인들 많다 하겠소?

고금(古今, 예전과 지금을 아울러 이르는 말)의 시인의 노래를 다 모아 보아야 그대를 표현하고 내 회포를 아뢰기에는 오히려 부족한 것을 어찌

하겠소. 나는 다만 잠자코 그대를 생각하는 수밖에 없소. 생각하고, 꿈꾸고—이것이 지금 나의 단 하나의 사랑의 길인 것이요. 이 뜨거운 생각의 숨결은 부지불식간에 허공을 날아가 스스로 그대의 가슴을 덥히고 불붙일 것이오.

이 밤도 나는 촛불을 돋우고 한결같이 님을 생각하려 하오. 초가 진하면 다른 가락을 켜고 마저 진하면 창을 열고 달빛을 받지요. 그대를 생각할 때만은 나는 끈기 있게 책상 앞에 몇 시간이든지 잠자코 앉아 있을 수 있는 재주를 가졌소. 아무것도 하는 법 없이 바보같이, 돌부처같이 말 한마디 없이 똑같은 모습으로 언제까지든지 앉았을 수 있소. 나는 언제부터 이 놀라운 재주를 배웠는지도 모르오. 가난은 하나 세상에서 따를 사람 없을 이 놀라운 재주를!

날이 청명한 것이 오늘 밤에는 벌레 소리가 어지간히 요란할 것 같소.

가슴속이 한층 어지러워질 것이나 그대를 향한 생각의 열정은 공중으로 달아나는 외줄의 쇠줄과도 같이 곧고 강하고 줄기찰 것이요.

생각에 지쳐 자리에 쓰러지면 부드러운 달빛이 온통 내 전신을 적셔줄 것이니, 부디 님이여 달빛을 타고 이 밤에 내 꿈속에 숨어드소서. 그대의 날개가 자유롭게 들어올 수 있도록 나는 벽마다 창을 모두 활짝 열어젖히리다.

뜰 앞에는 장미가 흔하니 가시에 주의하시오. 꿈속에서 붉은 피를 본다면 얼마나 놀라겠소. 내 기겁을 하고 눈을 뜰 것을 생각해보시오.

답장은 길고 두툼하게. 우표를 두 장, 석 장 붙이도록—우표를 한 장만

달랑 붙이는 사랑의 편지란 세상에 다시 없는 웃음거리일 것이요.

다음 편지까지 부디 안녕히 계시오. 편지와 함께 이 눈물을 동봉(同封, 두 가지 이상을 같은 곳에 넣거나 싸서 봉함)하리다. 아무 이유도 없는, 다만 아름다운 이 눈물을.

– 1936년 10월 〈여성〉
원제 : 사랑하는 까닭에

동해의 여인(麗人)

_이효석

그녀는 동해의 정기를 혼자만 타고난 듯이 맑은 여인(麗人, 얼굴이 고운 여자)이었다. 시절의 탓도 있었을까.

북방의 이른 봄은 애잔하고 엷은 감촉을 준다. 그래서일까. 그녀 역시 애잔하고 부드러운 느낌을 주었다. 심홍(深紅, 짙은 다홍빛) 저고리와 검은 치마의 조화가 할미꽃의 그윽한 색조와도 같았다 그 빛깔을 받아 얼굴도 불그레한 반영(反映, 빛이 반사하여 비침)을 띠었다. 그 모든 것이 독특한 아름다운 인상을 주었다. 눈망울의 초점은 명확하기는 하지만 망연(茫然, 아무 생각 없이 멍함)했다. 개물(個物, 개개의 사물)을 보는 눈이 아닌 꿈을 보는 눈인 듯했다.

그녀의 미(美)는 맺힌 점의 미가 아니오, 흩어진 구름의 미다.

이지미(理智美, 이성과 지혜를 갖춘 미적 태도)라는 것이 있다면 그녀의 미는 낭만미(浪漫美, 매우 감성적이고 이상적으로 사물을 파악하는 미적 태도)라고나 할까.

중세의 재현. 사실 그녀는 드물게 보이는— 몇 세기를 뛰어넘어야 볼 수 있는 희귀한 여인으로, 중세의 왕비를 대신하는 현세의 여교원(女敎員)이었다. 근심 없는 여교원은 없을 테니, 여인의 무비(無比, 매우 뛰어나서 비길 데가 없음)의 홍안은 근심의 빛이리라. 아마 가슴속에 병마가 근실 거리는 것이리라. 참으로 가엾은 일이다. (이야기는 여기서부터 시작되어야 할 것이다)

여인에게도 속사(俗事, 일상생활에서의 번거로운 일)가 많은 듯하다. 장성한 애제(愛弟)를 데리고 학교에 입학시키러 왔다가 미치지 못하는 재주로 인해 낙망의 결과를 가지고 돌아갔다. 홍안이 더욱 근심에 흐렸을 것이 가엾다. 여인의 속루(俗累, 세상살이에 연관된 너저분한 일)만은 여의(如意, 일이 뜻대로 됨)의 해결을 줌이 인류의 공덕일 것 같다. 그의 불여의(不如意, 일이 뜻대로 되지 않음)를 마음 아프게 여겼다—

이것은 구화(構話, 꾸민 이야기)가 아니고 실화다. 실화란 항용(恒用, 흔히 늘) 이야기 값에 못 가는 법이다. 그러나 여인의 구화를 애써 꾸미느니보다는 차라리 그와의 현실의 이야기를 가질 수 있으면 다행이라고 생각하였다. 그만큼 그녀는 반생(半生, 한평생의 반)의 기억 중 최상의 여인이었다. 외람(猥濫, 행동이나 생각이 분수에 지나침)된 생각은 나의 죄가 아니다.

그녀의 성도 이름도 모름이 도리어 다행이다. '권(權)'이니 '피(皮)'니라는 말을 들었을 때의 환멸 때문이다. 그러니 차라리 이름을 모르는 것이 행복스럽다. '복금(福今)'이나 '봉이(鳳伊)'라는 말을 들었을 때의 비애를 즐기지 않아도 되기 때문이다.

현실과 거리가 먼 그녀는 그러는 동안 꿈속의 사람이 되고 말았다. 꿈속에서 이모저모 빚는 마음—역시 소설을 만들려는 마음 이외의 아무것도 아닌 듯싶다. 결국, 여인은 소설의 대상인 것이다.

우선, 그녀의 소설은 슬퍼야 할 것이다. 애잔한 홍안이 그것을 암시한다. 둘째 여교원이 아니어야 할 것이다. 세상에 여교원처럼 소설심을 자극하지 못하는 산문적 존재도 없기 때문이다. (소설 자체는 산문이나 그것을 벗는 정신은 시인의 것이다) 셋째 데설데설(성질이 털털하여 꼼꼼하지 못한 모양) 웃지 말아야 할 것이다. 여인의 웃음은 향기와도 같이 미묘한 것이어서 벌리는 입의 각도가 조금 빗나가도 시심(詩心)을 상하게 하기 때문이다. 넷째 노래를 잊고 침묵해야 할 것이다. 서투른 노래란 마음의 은근성(慇懃性, 야단스럽지 않고 꾸준한 성품)을 도리어 천박하게 하기 때문이다. 반대로 돌같이 침묵할 때 마음의 심연(深淵, 깊은 수렁)은 더욱 깊어지는 법이다. 다섯째……

그러고 보니 꿈속에서 자라는 동안 마음의 여인은 자꾸만 이상화하여 가는 것 같다. 인물의 성격이 유형화만 되지 않는다면 이것은 굳이 불행한 일은 아니다. 결국, 여인의 운명은 비(臂)하면 '마그리트(벨기에 출신의 초현실주의 화가)'의 경우와도 흡사했으면 한다. 거기에 홍안 여인의 완전한 표현이 있을 듯싶다. 굳이 비운과 박명을 원함은 작가의 불행한 악마적 근성이라고도 할까.

잃어버린 여주인공이 아닌 새로 얻은 여주인공이며, 소설이 되다만 이야기가 아닌 소설이 되려는 이야기다. 하기는(실상 말하자면) 지금 현재는 잃어버린 여주인공이요, 소설이 되다만 이야기인지도 모른다.

-1936년 7월 〈신동아〉

원제 : 동해의 여인(麗人)

기러기가돌아오고······.

날이저물어

방정맞은바람이소스라칠때

산새들은집을찾아가고

갈꽃은제비의

슬픈전설을생각하였다.

_이병각, 〈갈꽃, 노화(蘆花)〉 중에서

당신 없이는

_박인환

오늘 밤, 나는 당신에게 또다시 붓을 들었습니다.

사실 오늘처럼 우울했던 날도 없었습니다. 당신을 대구에 두고, 나 혼자 부산 거리(당신도 이 거리를 나와 함께 걸은 일이 있겠으나)를 헤매는 것이 슬펐습니다.

나는 행운을 지닌 사람인데도 어째서 이다지도 쓸쓸한 것일까요? 혼자 여기 와서 우울한 것이 어디 있는가, 라며 자문자답해봐도 속이 시원하지 않습니다. 당신과 떨어져 있는 것이 한없이 서러울 뿐입니다.

당신이 있는 곳에서 나는 살고 죽어야 합니다. 당신이 지금 내 옆에 없으니 울고 싶고 죽을 것만 같습니다.

방이 뭐냐, 돈이 뭐야?

나는 당신이 있는 곳이 한없이 그리울 뿐입니다.

당신은 그런 나를 욕하십시오, 미워하십시오. 당신이 할 수 있는 모든 언어를 통해 나를 꾸짖어주십시오. 나는 기꺼이 반갑게 받아들이겠습니다.

당신이 내 곁에서 떨어진 것이 아니라, 내가 당신 옆에서 떠난 것만 같습니다. 하지만 여전히 당신의 품 안에서 울고 있는 것만 같습니다. 사는 것이 도대체 무엇이기에……. 나만 혼자서 이렇게 바닷바람을 마시고 있는지.

아! 용서하시오. 나는 너무도 무기력한 놈이 되고 말았습니다. 용기는 옛날에 팔아버렸지요. 울고 웃으며, 나는 이렇게 허무하게 세상을 살고 싶지 않습니다. 지금 죽어도 좋으니, 웃음의 친구도, 울음의 친구도 되고 싶지 않습니다. 오직 우울할 뿐입니다.

절망입니다. 처자를 시골에 내던지고 죄인처럼 썩은 바다의 도시를 헤매고 있습니다. 아, 불행한 것이 나 혼자만은 아니겠지요?

사랑하는 나의 정숙*!

나는 지금 당신의 무릎을 껴안고 온 힘을 다해 당신의 목을 끌어안고 싶습니다. 당신 없이는 죽을 수도 없습니다.

술 한 잔 먹지 않고 멀쩡한 정신으로 지금 미친놈처럼 나의, 나 혼자만의 독백을 붓이 움직이는 대로 솔직하게 쓰고 있습니다.

당신과 함께 영원히 지낼 수 있도록 하나님에게 기도합니다. 우리 가족이 함께 모여 살 수 있도록 나의 모든 정열에 바라고 있습니다.

사랑합니다, 사랑합니다.

돈이 없어 죽겠습니다. 그러나, 사랑은 돈이 아닙니다. 이것은 나의 무한한 유일의 재산이며, 영원한 당신의 것입니다.

안녕히 주무십시오. 14일 아침 대구에 떨어집니다.

박인환, 12일 밤

- 1982년 《세월이 가면》 시집에 최초 발표

원제 : 사랑하는 나의 정숙에게

*정숙은 작가의 부인 이름

욕망은 애정의 하위 개념

_박인환

나는 요즘 프랑스의 철학자 알랭(Alain, 프랑스의 철학자이자 평론가)의 다음과 같은 글 한 구절을 외우고 있다.

"욕망이라는 것은 애정의 하위 개념에 속할 뿐 애정에 이르는 길은 아니다."

나는 이 말을 처음 들었을 때부터 무척 마음에 와 닿았다. 이에 이 글의 서두에 서슴없이 올리고자 한다.

대체로 결혼을 할 때— 그것이 연애결혼이나 중매결혼이든 상관 없이— 누구나 처음에는 애정을 품고 느끼게 되는 것이 당연하다. 하지만 인간에게 있어서 더욱이 부부 사이에 있어서는 애정의 '순수한 상태'가 그리 오래 지속하기 힘 들다. 뿐만 아니라 자칫하다가는 애정의 하위 개념인 욕망으로 변하기 쉽다. 그런데도 처음부터 무의식적인 욕망에서 결혼하였다면 그것은 현실이 아닌 우상에 대한 결혼이라고 단언하고 싶다.

어떤 사람들은 결혼 1개월을 꿈같이 보냈다고 할 수도 있다. 신비하고 달콤한 도원경(桃源境, 무릉도원과 같은 경치란 뜻으로 '별천지' 또는 '이상향'을 말함)과 같은 신비에 싸여 30일을 마치 한 시간처럼 즐겁게 보냈다는 것이다.

하지만 나는 여기에 대해서 말할 수 없는 불만을 느낀다.

적어도 그 사람들이 진실한 애정으로 그 결혼이 이루어졌다면 장래에 대해, 피차의 상대에 대해, 가정에 대해, 경제적인 문제에 대해 진실한 상의와 비판을 서로가 가져야만 하기 때문이다. 그런 점에서 결혼 1개월은 계획의 시기로 지금까지 독신자로서 걸어왔던 것에 대한 참다운 반성의 시기여야만 한다. 이에 육체적인 향락과 같은 것에는 조금도 신심(信心, 옳다고 믿는 마음)을 사용하지 않고, 어디까지나 애정을 유지하기 위해 서로가 미래를 계획하고 검토해야만 한다.

모든 것이 출발이 중요한 것처럼 미지의 남녀가 한 가정을 이루어 나가기 위해 서로 하나가 된 이상, 그것은 가장 엄숙한 출발이어야 한다. 이에 서로의 성격과 지나온 일에 대해서 솔직하게 털어놓고 이야기해야 하며, 정리해야 한다. 나아가 상대방의 장단점에 대해서도 확실히 이해할 수 있어야 한다. 그러자면 무엇보다도 진실해야 한다.

그런 점에서 나의 경우를 예로 든다는 것이 매우 쑥스럽다. 내 경우 현실의 억압과 실수로 인해 7년 전의 계획(신혼의 계획)이 실패로 돌아갔기 때문이다. 하지만 그때의 이상만은 누구보다도 높고 진실했음을 자

부한다.

4월의 어느 날 오후, 태양이 무척 곱게 내려쬐고, 분수가 하늘을 찌르는 듯이 힘 있게 솟아오르던 날 나는 아내와 결혼식을 올렸다. 지금 생각해보면, 우리 두 내외가 결혼에 관해 진지하게 생각을 했는지 않았는지는 잘 기억나지 않는다. 하지만 서로를 아끼고, 좋은 일을 많이 하면서 살자고 맹세했던 것 같다.

신혼여행 같은 것은 가지 않았다. 결혼식을 치르는 데 비용이 너무 많이 들어가 더는 무리할 수 없었기 때문이다. 하지만 우리는 오히려 그것이 좋았다. (지금에 와서 아내는 신혼여행을 가지 못한 것을 간혹 후회하지만) 낮이면 나는 볼 일을 보러 돌아다니고, 밤에는 함께 산책도 하고, 책도 읽으면서 각자의 지나온 삶에 관해서 이야기를 나누었다. 우리는 책을 통해서 많은 합의점을 찾았다. 그렇게 1개월이 눈 깜짝할 사이에 지나갔다.

우리는 그때 무엇을 하였을까? 무엇을 계획하였을까? 생각건대, 처음 말했던 것을 계획하고 그대로 진행했으리라.

나는 지금 이 글을 쓰면서 우리의 과거와 현재가 욕망이나 타성이 아니라는 것을 믿는다. 부부생활의 출발에서 불성의 한 생각은 조금도 없었기에 지금까지 잘 이끌어온 것이라고 믿는다.

꿈같이 지나갔다는 건 역시 좋지 않다. 꿈이 아닌 것으로 변형된 성실한 시간이었다고 해야 옳지 않을까.

…… 욕망은 애정의 하위……. 결혼 1개월은 욕망에만 사로잡혀서는

안 된다. 그런 점에서 위대한 문학자의 좋은 명언을 여러분도 동감하고
외워두는 것이 좋을 것이다.

- 1955년 10월 〈여성계〉
원제 : 꿈같이 지낸 신생활

한발자국 떼고 돌아보고

두발을 거닐며 돌아볼 때

님의 힘없는 허리가

고개와 함께 수그러져

눈만은 물에 젖어가는 것을

나는 보고 있다.

_ 허민, 〈이별〉 중에서

잊을 수 없는 일 분

_이광수

여러분은 연분(緣分, 서로 관계를 맺게 하는 인연)이란 말을 믿습니까. 아마 새로운 교육을 받으신 분들은 연분이라면 미신이라고 비웃으시겠지요. 나도 그런 미신은 비웃어 버리고 싶습니다. 그러나 세상에는 연분이라고밖에는 생각할 수 없는 일이 무척 많습니다. 내가 지금부터 말하려는 '내 생애 잊을 수 없는 일 분' 역시 연분이라고밖에는 생각할 수 없는 일입니다.

불가(佛家)의 말을 빌리면 인생의 모든 일이 다 인과(因果, 원인과 결과)라고 합니다. 지금 내가 여러분께 이야기하는 것이나, 또 하고 많은 사람 중에서 특별히 여러분만이 내 이야기를 듣는 것 역시 모두 인연이라는 것입니다. 즉, 몇 만 년, 몇십만 년, 몇 천겁, 몇억 천 겁, 몇천억 아승지겁(阿僧祇劫, 년, 월, 일이나 어떤 시간의 단위로도 계산할 수 없는 무한히 긴 시간) 전부터 쌓은 인이 맺어서 오늘의 인연을 이룬 것이라고 합니다. 과연 인생의 여러 가지 일을 가만히 생각해보면 모두 인연이라고밖에 할 수 없습니다. 더욱이 나처럼 파란 많고 기구한 일생을 보낸 사람일수록 일생이 알 수 없는 무슨 신비한 인연으로 이뤄진 것 같습니다. 그중 지금부터 시작하려는 이야기는 내가 당한 인연 중에서도 가장 신비한 인연에 관한 것입니다.

인연 중에 남녀의 결합에 관한 것을 연분이라고 부릅니다. 이에 나 역시 이 이야기를 연분이라고 명명하였습니다. 여러분께서 이 이야기를 다 읽고 나면 아시겠지만 '첫사랑'이라고 이름 짓는 것이 더 마땅할지도 모릅니다.

열다섯─그렇습니다. 그것은 내가 열다섯 살 때 있었던 일입니다.

나는 도쿄로 공부하러 갔다가 (그때 우리나라에는 학교가 없었습니다) 어떤 사정이 있어서 잠시 고향에 돌아온 적이 있습니다. 그러나 부모가 모두 돌아가신 터라 마땅히 집이라고 부를 만한 곳이 없었습니다. 그래서 친척 집으로, 친구의 집으로 이삼일 혹은 사오일씩 묵으며 돌아다니곤 했습니다. 그러다가 S라고 하는 고모님 댁에 가서 정월 한 보름 명절을 보내게 되었습니다.

고모님 댁에 사내아이라고는 어린아이 하나밖에 없었습니다. 그러나 여자아이는 장성한 딸이 셋이나 있었습니다. 또 그 집이 동네에서 제일 잘 살고 큰 집이었기에 동네 아가씨들이 모두 모여서 놀곤 했습니다. 이에 열사흗날 밤부터는 마치 잔칫집처럼 웅성웅성했습니다.

꽃 같은 처녀들이 모두 다홍치마나 분홍치마를 차려입고, 치렁치렁 땋

아 늘인 머리에는 구자판이나 진주를 단 댕기를 드리고, 하얀 버선에 새 신을 신은 채 빨갛게 얼굴이 상기되어 뭐라고 지껄이면서 안마당과 뒤 울(집 뒤쪽에 있는 담이나 울타리) 안에서 웃고 뛰는 모습이 외롭게 자란 내게는 말할 수 없이 이채롭고 기뻤습니다. 마치 오랫동안 찬바람을 쐬 다가 훈훈한 방에 들어온 사람처럼 스스로 졸리는 것처럼 마음이 즐거웠 습니다. 이에 뒤 울 안 담에 비스듬히 기대어 아가씨들이 뛰노는 것을 지 켜보곤 했습니다. 그러면 나를 처음 보는 아가씨들은 이따금 힐끗힐끗 나를 쳐다보고는 수줍은 듯이 달아나곤 했습니다. 그러나 장난에 흥이 나고, 나를 점점 알아감에 따라 치맛자락으로 내 몸을 스치는 것 역시 꺼 리지 않게 되었습니다. 더욱이 누이들이 내게 와서 매달리는 것을 보고 는 나이 어린 아가씨들은 살짝 내 몸에 손을 대기도 했습니다.

아가씨들은 동그랗게 손을 잡고 한 아가씨가 피하면 다른 아가씨가 피 하는 아가씨를 붙들려고 따라다니는 놀이를 즐겨 했는데, 손을 잡은 아 가씨들이 팔을 들어 쫓기는 사람을 보호하는 놀이였습니다. 그리고는 흡사 비단을 찢는 듯한 목소리로 연이어 이렇게 말했습니다.

"어디 장차?"

"전라도 장차!"

"어느 문으로?"

"동대문으로!"

그러면서 빙글빙글 돌아갈 때 부드러운 달빛이 아가씨들의 어여쁜 얼 굴의 이쪽과 저쪽을 비추곤 했습니다. 그러다가 눈이 그 달빛에 반짝반짝 빛나기도 했습니다.

그중에 특별히 목소리가 고운 아가씨가 한 명 있었습니다. 그녀는 항상 '어디 장차?'를 가장 먼저 묻곤 했는데, 그 소리가 마치 하늘에서 떨어지는 것처럼 맑고 고왔습니다.

그녀는 그날 모인 사람 중 가장 나이가 많은 듯했습니다. 이에 치마의 분홍빛은 물론 저고리 색깔 역시 지극히 연했습니다. 두 소매에 단 끝동만이 짙은 남색을 띠고 있었습니다. 그러나 팔을 드는 모양이며, 몸을 놀리는 모양이 마치 춤을 추는 듯해 그녀의 몸이 내 앞으로 가까이 올 때마다 나는 이상하게 가슴이 두근거렸습니다.

그녀 역시 남달리 나를 보는 듯했습니다. 하지만 그녀가 내 앞을 지나서 한 바퀴 돌아 다시 내 앞에 오기까지는 마치 봄이 가고, 여름, 가을, 겨울이 지나 다시 봄이 오는 것처럼 길게 느껴졌습니다.

"우리 조아질(공기놀이) 하자!"

누군가 이렇게 소리를 치자, 즐겁게 놀던 아가씨들이 갑자기 방으로 우르르 뛰어들어갔습니다. 나는 그대로 멀거니 선 채 흡사 얼빠진 사람처럼 방 안에서 나는 재잘거리는 소리를 듣고 있었습니다. 그러자 갑자기 그녀가 생각나 가슴이 두근거렸습니다. 미칠 것 같이 그녀가 그리웠습니다. 지금 그 처녀가 방 안에 있건만 어디 먼 곳으로 달아난 듯했습니다. 마치 저 하늘 위 달나라로 날아 올라간 것 같았습니다.

그때 내 누이가 갑자기 뛰어나왔습니다.

"오빠! 왜 안 들어오고 이러고 서 있어요? 한 사람이 모자라는데 우리

편해요."

그러더니 두 손으로 나를 잡아끕니다. 언뜻 보니 저쪽 편 그늘에 그녀가 있었습니다.

"싫다! 사내가 어떻게 공기놀이를 해?"

나는 끌려가지 않을 양으로 떡 버티고 섰습니다. 그랬더니 누이가 냉큼 뛰어가서 그녀를 데리고 왔습니다. 그녀는 감히 말을 붙이지는 못했지만 간청하듯 나를 바라보았습니다. 달빛에 비친 그 얼굴이 참으로 아름다웠습니다. 이에 나는 더 거절할 용기가 없어서 끌려 들어가고 말았습니다.

나는 그녀와 같은 편이 되었습니다. 그리고 우리 둘 다 공기놀이를 무척 잘했습니다. 그 결과, 세 번을 계속해서 우리가 이겼습니다. 그러자 저쪽 편에서 항의를 해왔습니다.

"싫어! 편 다시 짜!"

처음에 내가 사내라 공기놀이를 잘못할 줄 알고 잘하는 사람과 한 편이 되게 했는데, 뜻밖에 잘하는 것을 보고 깜짝 놀란 것입니다.

나는 기실 그중에서 제일 수가 높았습니다. 내가 '알 바꾸기' 같은 어려운 것을 실수 없이 잘하자 그녀는 반쯤 입을 벌린 채 내 손과 얼굴을 번갈아가며 쳐다보았습니다. 그때 내 기쁨은 실로 말할 수가 없었습니다. 만일 내가 수가 낮아서 그녀 편을 지게 했더라면 얼마나 면목이 없었을지. 하지만 나는 그 자리에서 왕이 되었습니다. 내가 마지막 차례가 되어 저쪽 편보다 훨씬 떨어진 것을 혼자서 다 따라잡자, 그녀는 아직 내 손 기운

이 따뜻하게 남아 있는 공기를 정다운 듯이 사르르 쥐면서 나를 보고 방긋 웃어주었습니다.

하지만 결국 그녀와 나는 편이 갈리고 말았습니다. 편이 갈린 것은 슬펐지만, 자리가 바뀌어 그녀 옆에 나란히 앉게 된 기쁨은 여간한 게 아니었습니다. 비록 피차에 옷이 여러 겹 가려져 있더라도, 무릎과 어깨가 슬쩍슬쩍 스칠 때는 둘의 몸에서 뜨거운 불길이 확확 건너가는 것 같았습니다.

처음에는 몸이 살짝 닿기만 해도 깜짝 놀라서 피했지만 얼마 안 되어서는 다리와 다리가 혹은 옆구리와 옆구리가 마주 닿아도 장난에 취한 듯이 모르는 척하였습니다. 그렇게 해서 밤이 깊어 갈수록 방 안의 공기는 식어갔지만, 공기놀이를 하며 마주 닿는 어깨며, 옆구리, 다리는 불덩어리처럼 뜨거워져 갔습니다.

거기에 취한 나는 시간 가는 줄도 몰랐습니다. 그러나 다른 아이들은 모두 피곤한 모양인지 졸리는 듯한 얼굴을 하고 있었습니다. 이에 약간의 새참을 먹은 후 하나씩 집으로 돌아갔습니다.

나는 커다란 밤나무 숲이 있는 조그마한 고개를 넘어가야 할 그녀를 바래다주기로 했습니다.

달은 퍽 기울어져서 앞 벌판에는 시커먼 산 그림자가 누웠는데, 발밑에서 빠득빠득하는 언 눈 소리가 싸악―싸악하는 치마 소리와 함께 들려왔습니다. 그녀는 빠른 걸음으로 뒤도 안 돌아보고 앞장서서 걸어갔습니다. 그러더니 고갯마루에 이르러 나를 돌아보았습니다.

"이제 돌아가셔요."

그러나 나는 아무 말 없이 서 있었습니다. 커다란 밤나무 그림자가 그녀의 몸에 어릿어릿 비추었습니다. 나는 숨만 헐떡거린 채 꼼짝할 수 없었습니다. 그러자 그녀는 빙그레 웃는 낯으로 나를 그윽이 바라보더니 싸늘한 손을 들어 잠시 내 손을 만지고는 무엇에 깜짝 놀란 사람처럼 집을 향해 뛰어가기 시작했습니다. 달빛이 환하게 비친 사래 긴 밭을 지나 소나무가 모여선 언덕 밑에 있는 조그마한 초가집 사립문으로 스러지자 '쿵' 하고 문을 열었다 닫는 소리가 나더니 이내 잠잠해집니다. 빨갛게 등잔불이 비친 창이 보일 뿐입니다.

나는 정신 잃은 사람처럼 한동안 우두커니 서 있었습니다. 소중한 것을 갑자기 잃어버린 듯도 했고, 머리를 문지방에 부딪친 사람처럼 멍하기도 했습니다. 그러면서도 지금까지 맛보지 못했던 말할 수 없는 기쁨을 맛본 듯했습니다.

그 후 나는 두 번 다시 그녀를 만나지 못한 채 도쿄로 돌아가야 했습니다. 하지만 그 날의 기억만은 한동안 사라지지 않았습니다. 밤에 잠시 본 얼굴이라, 그 얼굴마저 확실히 생각나지 않는데도 말입니다. 그래도 그녀가 그리웠습니다.

그렇습니다. 그녀의 얼굴이 분명치 않았기 때문에 도리어 모든 아름다운 것을 다 그녀에게 집중할 수 있었습니다. 이에 차디찬 하숙방에서 그녀를 생각하며 시간을 보내는 것이 그때 나의 일과 중 하나였습니다. 그러나 오 년이 지나고 육 년이 지나는 동안 그 일은 점점 잊히고 말았습니

다. 다만, 가끔가다가

"어디 장차?"

하고 달 아래서 분홍 치맛자락을 나풀나풀하던 기억이 희미한 향기처럼 피어오를 뿐입니다. 그러나 그녀는 결코 나와 아무 상관이 없는 사람이 아닙니다. 전생의 전생부터 무슨 연분을 가진 사람인 것이 분명합니다. 비록 서너 시간 밖에 만난 일이 없지만 내게 큰 기쁨을 주었고, 내 어린 영혼을 흔들어 주었으며, 삼사 년 동안 내 외로운 영혼의 동무가 되어 주었고, 일생에 나의 가슴 속에 깨끗한 향내가 되어 두고두고 나의 일생을 향기롭게 하는 사람이 되었기 때문입니다. 이것이 어찌 인연이 아니겠습니까?

나는 이제 그녀와 만나기를 원하지 않습니다. 다만, 어린 시절 달빛 아래서 있었던 그녀와의 고운 추억만은 영원히 잊고 싶지 않습니다.

－1924년 12월 〈영대〉 제4호

원제 : 연분(緣分)

봉아의 추억

_이광수

봉아(鳳兒)야! 네가 이 세상을 떠난 지도 벌써 나흘이 지났구나. 나는 아직도 문소리가 날 때마다 혹시나 네가 들어오는가 싶어 고개를 돌린다. 큰길가에서 전차와 자동차를 보고 서 있지는 않은지, 장난감 가게에서 갖고 싶은 장난감을 못 사서 시무룩하게 서 있지는 않은지, 대문간에 동네 아이들을 모아 놓고 딱지치기를 하고 있지는 않은지…… . 금방이라도 네가 "엄마, 엄마, 엄마" 하고 뛰어들어올 것만 같구나.

하지만 나는 분명히 네 몸에 수의를 입히고, 네 말 없는 입에 쌀 세 알을 물리고, 너를 소나무 널로 짠 관에 넣고, 그 위에 '애아이봉근(愛兒李鳳根) 안식지처(安息之處)'라는 명정(銘旌, 죽은 사람의 관직과 성씨 등을 적은 글)을 내 손으로 직접 써서 미아리 묘지에 내다가 묻었다. 그러니 네가 "아빠, 아빠, 아빠" 하고 뛰어들어올 리는 영원히 없을 것이다.

아아, 내 아들아! 너를 잃은 슬픔으로 어리석어진 이 아비는 아직도 네가 영원히 갔다고는 믿어지지 않는구나. 금방이라도 대문 밖에서 혹은 아랫방에서 혹은 건넌방에서 또 혹은 뒤꼍에서 "아빠, 아빠"하고 성큼성큼 뛰어나와서 내 어깨에 매달릴 것만 같구나.

아가! 네가 떠난 지 벌써 보름이 되었다. 아침 상머리에 네가 없음을 알고 아빠는 눈물이 쏟아졌다.

"이 슬픔을 품고 어떻게 살지?"

"동성(同姓, 일가친척) 할아버지도, 할머니도 아무도 낯을 아는 이가 없을 텐데, 외로운 혼이 어떻게 견딜꼬."

"만일 내가 죽어서 봉근이의 길동무가 된다면 곧 죽어도 좋으련만—"

"어젯밤 꿈에 봉근이가 나를 따라다니면서 운동회 구경을 가자고 하지 뭐예요."

네 엄마는 아직도 이런 소리를 중얼거리며 하염없이 울고 있다.

며칠 전에는 네가 다니던 유치원의 서은숙 선생이 전화를 걸어와 금년도 수업증서를 받는 너희 반 기념사진에 네 사진 하나를 넣어준다더구나. 나는 그 마음이 너무도 고마워 "고맙다"고 인사를 건넸다. 이에 스무이튿날 있을 수업증서 수여식에는 이 아비 혼자 가서 너 대신 수업증서를 받아 오련다. 이런 슬픈 일도 다 있느냐?

엄마와 네 동생과 함께 네 산소를 찾아, 네가 좋아하던 딸기 아홉 개를 나무 상자에 담아 무덤 앞에 놓고 왔다. 아직도 네가 죽은 것 같지 않아 딸기를 가지고 가면 네가 기쁘게 먹을 것만 같았다. 아직 네 어린 동생은 네 무덤을 안으며 이렇게 말했다.

"언니, 나 왔소! 영근이 왔소! 얼른 일어나서 딸기 먹으소!"

그 모습을 보던 네 엄마는 무덤의 흙을 손으로 파면서 또 울었고, 나 역시 네 동생을 안은 채 흐느껴야 했다.

그날 밤, 폭풍우가 불자 엄마는 잠을 이루지 못했다.

" 비 오고, 바람 부는데…… 봉근아, 너는 어디를 나갔느냐? 감기라도 걸리면 어쩌려고."

아가! 오늘은 삼월 이십 일이다. 네가 간 것이 이월 이십 일 아니냐? 그러니 네가 간 지도 벌써 한 달이 되었구나.

오늘 아빠는 네가 다니던 이화 유치원에 가서 네 졸업 증서와 졸업 기념사진, 그리고 유치원에서 졸업생들에게 선물로 주는 공책 한 권을 받아왔다. 네가 좋아하던 서은숙 선생이 엄마와 아빠를 위로하기 위해서 직접 챙겨주신 것이다. 하지만 이런 것이 다 무슨 소용이란 말이냐? 이것을 가져다줄 네가 없는 데 말이다. 이것이 도리어 눈물이 되는구나. 만일 네 엄마에게 이것을 보이면 필시 이것을 안고 또 통곡할 것이 틀림없다. 이에 나는 이 세 가지 기념물을 앞에 놓고 눈물을 머금은 체 어떻게 해야 할지 생각하고 있다.

그것을 가지고 네 무덤에 찾아가고 싶지만 가면 뭐하겠느냐? 한바탕 또 울 따름이지. 한번 간 너는 돌아오지 않는 것을…….

오늘, 네 무덤에 세울 비석을 맞췄다. 높이가 두 자 가웃(수량을 나타내는 표현에 사용된 단위의 절반 정도 분량의 뜻을 더하는 접미사), 넓이가 한 자, 두께가 네 치, 화강석으로 대를 받치고 그 앞에 네 이름을 쓰고, 뒤에는 내가 지은 비문을 새길 것이다. 내가 글을 배워서 이런 것을 쓰게 될 줄 어찌 알았겠느냐?

하지만, 아가! 사람이란 아무 때라도 한 번은 죽는 법이다. 더욱이 조선의 세상이란 그리 살기 좋은 곳이 못 되니, 차라리 네가 엄마 아빠의 사랑과 슬픔 속에 간 것이 어쩌면 너를 위해서 좋은 것일 수도 있겠다는 생각이 든다.

하지만 이제 너를 꿈에서밖에 볼 수 없구나.

며칠 전 꿈에 잠을 깨니 네가 내 무릎 위에서 자고 있지 뭐냐. 네 생전에 여러 번 그랬던 모양으로 네 얼굴이 어찌나 아름답게 빛나고 있던지,

"이게 우리 봉근인가? 그런데 하늘에 간 봉근이가 어떻게…… 그렇다면 영근인가?"

'설마'하며 나는 뒤를 돌아보았다. 마침 영근이는 제자리에서 자는 중이었다.

그때 들창으로 꽃잎이 함박눈처럼 펄펄 날아들어 와서 네 얼굴과 가슴 위에 내려앉았다.

아아, 꽃처럼 빛나는 아름다운 내 아들아!

나는 기뻐하면서도 네가 사라질까 봐, 나아가 네가 사라지기 전에 너를 그렇게도 보고 싶어 하는 엄마에게 한 번이라도 보이고 싶어서 들릴락 말락 한 소리로 네 엄마를 불렀다.

"여보, 우리 봉근이가 왔소. 봉근이가 왔단 말이오!"

"저, 저, 정말이요?"

하지만 네 엄마가 고개를 들었을 때는 너는 사라져 버리고 꽃 바람만 펄펄 창안으로 날아들어 왔다.

아가! 네가 편안히 쉬고, 네 몸을 향해 처녀가 꽃을 뿌려서 공양한다는 것을 아빠에게 알린 것이냐? 그렇다면 정말 고마운 꿈, 아름다운 꿈, 슬픈 꿈이로구나.

너를 잃은 엄마의 슬픔은 아빠보다 몇 곱절은 더한 모양이다.

엄마는 네가 떠난 후 하루도 빠지지 않고 네 무덤을 안은 채 통곡한다.

"봉근아, 용서해라! 엄마가 잘못했다! 부디, 엄마를 용서해다오!"

엄마는 네 생전에 너를 때리고, 너를 구박한 것이 몹시 마음에 걸리는 모양이다. 그리고 너를 다치게 했던 집에 데리고 간 것 역시 제 잘못이라며 계속 네게 용서를 구하고 있다.

"내가 공연히 그 집에 애를 데리고 가서……."

이렇게 한탄하고 운다.

"그렇게 크게 다친 것을 알았더라면 병원으로 곧장 데리고 가서 소독해줄 것을……."

엄마는 너를 살리려고 세 번이나 피를 뽑아서 네 혈관에 넣었다. 그러나 네 번째 수혈 반응을 견디지 못한 너는 경련을 일으키고 말았다. 그리고 세 시간이 채 못되어 눈을 감고 말았다. 이에 엄마는 엄마의 피가 너를 죽였다며 슬피 운다.

"지금까지 잘 길러서 이제 학교에 보내려고 했더니 죽고 말았구나."

엄마는 아무리 울어도 쉽게 단념이 안 되는 모양이다.

"그 어린 것이 무서워서 어떻게 혼자 다니려나. 종로도 혼자서 나가지 못했는데……."

하고 네가 외로울 것을 생각하고는 또 운다.

눈이 오고, 비가 내리던 어느 날 밤, 엄마는 갑자기 문을 열며 이렇게 말하며 울기도 했다.

"계순아, 큰 아이 불러오너라. 비 오고 바람 부는데 감기 들겠다."

또 누가 대문이라도 흔들면,

"봉근이냐?"

하고는 문을 연다. 네가 어디 나가서 놀다가 "엄마!"하고 금방이라도 뛰어들어올 것만 같기 때문이다.

아가, 봉근아! 죽은 뒤에 너는 생명이 있느냐, 없느냐? 혹시 엄마가 걱정하는 것처럼 아는 사람 하나 없는 곳에서 외로이 헤매고 있는 것은 아니냐? 만일 그것이 아니라면 죽은 뒤는 편안하고, 광명하고, 자유롭고, 부족함이 없다고 꿈속에서라도 엄마에게 한 번쯤 와서 말해주려무나.

아가, 봉근아! 오늘은 네 무덤에 떼(흙이 붙어 있는 상태로 뿌리째 떠낸 잔디)를 입혔다. 삼 년만 지나면 이 떼가 어여쁜 금잔디가 된다고 한다. 내외 사성을 쌓아서 바람이 없고, 남향이 되어서 볕이 잘 드니, 네가 거기서 나와서 딱지를 치고 놀던지, 네가 좋아하는 그림을 그리고, 즐겨 부르던 노래를 부르고, 그렇게도 흥미 있어 하던 하늘을 바라보고 놀든지 하려무나.

엄마와 아빠가 결혼한 지 오 년이 넘도록 엄마는 아이를 갖지 못했다.

이에 엄마는 늘 슬퍼하고 적막해 했다. 그러다가 엄마가 서른 살, 아빠가 서른다섯 살 되던 해 마침내 잉태하게 되었다. 그때 우리의 기쁨은 말할 수 없이 컸다.

"이게 정말일까?"

엄마는 거의 매일 이 말을 되뇌었다.

네가 뱃속에서 놀기 시작할 때도 마찬가지였다.

"펄떡펄떡 뛰어요."

심한 입덧으로 인해 음식을 전혀 먹지 못해 비쩍 말랐을 때 네 엄마는 수없이 이 말을 하고는 기뻐하였다.

나는 홀로 생각해보았다. 이 죄 많은 몸이 새로 오시는 손님을 온전히 받을 자격이 과연 있는가. 좋은 아들이나 딸을 점지받을 자격이 과연 있는가. 나처럼 죄 많은 사람은 차라리 어린 새 생명을 청하지 아니함이 옳지 않을까 하고 말이다. 하지만 비록 내가 이번 생에 아무리 죄가 크다고는 하지만, 내가 알기로는 내 조부와 아버지, 어머니는 다른 사람에게 그다지 악한 일을 행한 적이 없다. 그러니 그 덕으로나마 귀한 새 손님을 받아들일 수 있지 않을까, 라고 생각해보기도 했다.

네가 세상에 나올 날이 가까워질수록 엄마와 아빠의 기쁨과 황송함은 더 커져만 갔다. 하지만 그때 나마저 병들어 눕고 말았으니 엄마의 심정은 어땠겠냐?

그에 반해, 나는 마음이 가뿐했다. 비록 내가 죽더라도 새로 태어나는 아기만 잘 자란다면 네 엄마에게 충분히 위로가 되고 의지가 될 수 있을 것으로 생각했기 때문이었다.

오월 삼십 일이자, 음력으로 사월 삼십일 아침 일곱 시 반. 창경궁과 성
균관 수풀에서 꾀꼬리가 수없이 울던 날 너는 이 세상에 나왔다.

거의 스물네 시간이나 난산의 진통을 겪은 네 엄마는 네 울음소리를
듣자 모든 괴로움을 잊어버린 채 오직 기쁨만을 느꼈다고 한다. 몸이 아
파 누워 있던 나 역시 너를 기다리노라 긴장과 초조로 긴 밤을 새웠다. 그
리고 네가 태어나자 모든 병이 다 사라진 것과 같은 기쁨에 네 외가와 친
한 벗들에게 전화를 걸어 네가 태어났음을 알렸다. 엄마는 너를 보고 어
찌나 흥분하였던지, 너만 보고, 너만 만지면서 사흘 동안 도무지 잠을 자
지 않았다.

아가! 네가 첫 오줌을 누고, 첫 똥을 눌 때, 그 촉촉하게 젖은 기저귀가
어찌나 반갑고 소중하였는지는 오직 아는 사람만이 알 것이다.

나는 어디에다가 어떻게 감사할 바를 몰랐다. 예수교회 사람도 아니
요, 불교 사람도 아니었기 때문이다. 우리 조상들은 아기가 나면 산신께
감사하는 재물을 드렸다. 예수교인은 하느님께, 불교도는 부처님께 감
사의 기도를 올린 것이다. 그러나 나는 신앙을 잃은 사람으로서 어디에
다 감사해야 할지 몰랐다. 이에 조용히 "하느님, 하느님!" 하고 불렀을 뿐
이다.

네가 온 날 나는 병세가 더욱 나빠져 의사로부터 절대 안정하라는 진
단을 받았다. 산실에 가서 네 얼굴을 볼 수 있는 자유마저 잃은 것이다.

너를 그리워하는 마음이 간절하건만 너를 볼 수 없었다. 부정한 병자

의 곁에 너를 오게 할 수 없었기 때문이다. 그만큼 내 병세는 위중했다.

네가 태어나기 전, 나는 너를 위해 몇 개의 이름을 준비해두었다. 그러나 네가 태어나던 날, 네 눈초리가 위로 올라간 것을 보고 새 봉(鳳)자를 네 이름에 쓰기로 했다. 그 뒤에 네가 날 때 아침 햇볕이 명랑하던 것을 생각해 '일광(日光)'이라는 글자를 주었고, 네가 잉태되던 해에 뜰에 오동나무 하나가 났기로, 네 당호를 오헌(梧軒)이라고 지었다.

그러나 아가! 너는 아빠의 선물인 당호를 써 보지도 못한 채 가고 말았구나.

"아빠, 하느님이 뭐 하시는 분이야?"

"하느님은 하늘에 계셔?"

그렇게도 알고 싶어 하던 그 의문을 이제는 아비인 나보다도 네가 먼저 알았겠구나.

봉아(鳳兒)야! 너는 이 아비에게 여러 가지 일을 물었다. 네가 보기에 이 아비는 이 세상에서 가장 잘 알고 또 거짓말 없이 믿을 만한 사람이었을 것이다. 나아가 너는 이 아비를 퍽 착한 사람으로 믿었다고, 네 엄마가 눈물을 흘리면서 말해주었다.

그러나 내 아들아! 나는 그렇게 무엇을 많이 아는 사람도 못 될뿐더러 거짓이 없어 믿을 만한 사람도 못 되고, 더구나 착한 사람은 더더욱 아니다. 내가 성을 내면서 너를 때린 적이 여러 번 아니더냐? 네가 보는 앞에서 추태를 보인 것도 여러 번 있었다. 그럴 때마다 네가 슬프게 운 것은 세상 최고라고 믿었던 이 아비가 잘못한 것을 슬퍼하였음이리라.

너는 나를 무척 믿고, 따르고, 의지했다. 이에 내 말이면 무조건 믿고, 약속하면 반드시 지켰다. 또 내가 매일 일터에서 돌아올 때면 기쁨을 감추지 않았다. 그건 나 역시 마찬가지였다. 하지만 나는 그것을 표현하는 방법을 몰랐다.

사랑하는 내 아들아! 이제야 내가 너를 매우 사랑하고 아꼈음을 말할 수 있게 되었구나. 부디, 이 못난 아비를 용서하거라.

봉근아! 이 아비는 열한 살에 부모를 여읜 후 사십여 년 동안 형제·자매·자녀는 막론하고 육친의 정을 전혀 모르고 살다가 너를 본 지 육 년 팔 개월 동안 비로소 혈족에 관한 정을 알게 되었다. 더욱이 너는 나를 매우 사랑하고, 따랐으며, 의지했다. 나는 사내라 비록 내색은 하지 않았지만 너를 친구처럼 믿고 사랑했다.

나는 내 몸이 깨끗하지 못함을 항상 두려워했다. 이에 네 입술에 내 입을 대어 본 일이 없었고, 너를 안을 때는 반드시 고개를 돌리고 나서야 숨을 쉬었다. 네 입술에 처음 입을 댄 것은 네가 마지막 숨을 쉬기 몇 시간 전이었다. 네 생명이 얼마 남지 않았음을 알았기 때문이다.

그때 나는 네게 이렇게 말했다.

"아빠다!"

그러자 너는 내 목소리를 알아듣고,

"응!"

하고 대답을 해주었다.

하지만 두 눈에 붕대가 감겨 있어서 나를 볼 수 없었다.

너는 마지막 순간까지 나를 찾았다고 했다. 내가 잠시 집에 다니러 갔을 때 너는 "아빠, 아빠"를 부르고, "왜 한 번 더 나를 보지 않고 갔느냐?"며 계속 울었다고 했다. 이에 나는 네 엄마의 전화를 받고 곧장 병원으로 달려와 불같이 뜨거워진 네 손을 잡고 이렇게 말했다.

"봉근아, 아빠 왔다."

그러자 너는 손을 들어서 네 눈을 싸맨 붕대를 풀려고 했다. 아빠의 얼굴을 마지막으로 한 번이라도 더 보고 싶어서였으리라. 하지만 나는 네 행동을 말릴 수밖에 없었다.

"봉근아, 붕대 풀면 안돼."

이에 너는 두 손으로 내 손을 만지고는 내 입과 코, 눈, 귀, 머리와 목을 떨리는 손으로 만지작거렸다. 그리고는,

"허~"

하고 길게 한숨을 지었다. 그때, 네 눈에서는 응당 눈물이 났을 것이다. 의식의 마지막 순간까지 너는 아빠를 잊지 못하고 사랑하였구나.

세상에 대한 의식을 버리고 영원한 나라의 의식에 들어가는 문지방에서도 너는 이 아비를 생각하고 불렀을 것이다.

"아빠, 엄마랑 아주머니랑 다 두고, 나하고 함께 가."

혹시 네 마지막 말이 그 뜻은 아니냐?

나는 너 말고도 다른 아들도 있고, 딸도 있으며, 여러 가지 마음이 끌리는 친구도 있고, 해야 할 일도 많다. 그러나 육 년 팔 개월의 짧은 일생을 가진 너로서는 마음을 잡아매고 사랑을 쏟을 곳이 엄마와 아빠뿐이 아

니더냐?

그런데 너는 가고 말았구나, 봉근아!

네가 살았느냐? 너는 우리 집에서 가장 귀한 손님으로 육 년 팔 개월 동안 우리 곁에서 유숙(留宿, 남의 집에서 묵음)했다. 그러는 동안 우리는 너를 통해 더할 수 없는 기쁨을 맛보았다. 이에 육 년 팔 개월이 아닌 육만 팔천 년이라도 유숙시키고 싶은 반가운 손님이었다.

그러나 너는 무슨 인연으로 돈과 덕 모두 가난한 우리 집에서 육 년 팔 개월만 유숙하고 갔더냐? 엄마 아빠가 마지막으로 이 세상 숨을 쉴 때까지 네가 우리 곁에 있기를 바란 것은 우리가 어리석음이었더냐? 우리 욕심이 너무 외람된 것이었더냐?

만일 네가 우리 집을 떠나서 더 좋은 집에서 다시 태어났던지, 천당이란 곳이 있어서 거기에 갔다든지, 또는 극락이란 곳이 있어서 거기에 갔다든지, 어디나 네 생명이 남아 있고, 우리 집에 있을 때보다 더 행복할 수만 있다면 우리의 슬픔은 위로가 될 것이다.

다시 네가 네 동생으로 화하여 우리에게 오기를 바라는 마음도 있지만, 다시 생각해보면 지나간 육 년 팔 개월만 해도 어리석은 엄마와 아빠는 너를 때리고, 슬프게 하고, 병들게 한 것이 뼈저리게 후회가 된다. 그러니 이미 간 너를 다시 내 집으로 불러들이는 것은 차마 못 할 일인 듯싶다.

너를——그 어리고 약한 것을 때리던 내 손은 저주받을 것이다. 너를 슬프게 하고, 성나게 하는 말을 하던 내 입도 저주받을 것이며, 내가 편하기 위해 너를 귀찮게 생각하던 내 마음 역시 저주받을 것이다.

아가, 봉근아! 네 무덤을 안고, 네게 했던 모든 잘못을 뉘우치고 통곡하면 그 소리가 네 귀에 울리느냐?

만일 옳은 사람──죄 없는 사람이 죽어서 하늘에 오른다면 너는 반드시 하늘에 올랐을 것이다. 네게 무슨 죄가 있느냐? 육 년 팔 개월의 어린 것, 재산이라고는 크레용과 딱지, 몇 개의 장난감밖에 없는 네게 무슨 죄가 있단 말이냐? 개미 한 마리도 죽이기를 삼가던 착한 네가 무슨 죄가 있느냔 말이다. 예수의 말씀에도, 어린애와 같이 되지 않으면 하느님 나라에 들어갈 수 없다고 했으니, 너처럼 착한 아이가 하느님 나라에 들어가지 않으면 누가 그 나라에 들어갈 수 있단 말이냐?

아가, 봉근아! 너는 진실로 하느님 나라에 들어가 있느냐? 나는 목사에게 묻고, 스님에게 묻고, 만나는 사람 모두에게 묻는다. 사람이란 죽은 뒤에 생명이 있느냐고.

구세군 사령관 조세프 바아 소장이 맵 참모총장의 위문을 전하러 왔을 때, 그는 다음과 같은 말을 하며 나를 위로했다.

"사람이 죽은 뒤에도 반드시 생명이 있습니다. 그러니 당신 아들 역시 반드시 다시 태어날 것입니다. 지금 당신의 슬픔을 위로하는 길은 그 아들이 당신 집에서 하던 생활보다 더욱 좋은 환경에서 다시 태어나 행복한 생활을 할 것이라는 믿음을 갖는 것입니다."

하지만 나는, 내게는 그런 믿음이 없다고 했다. 그러자 바아 소장은 다시 이렇게 말했다.

"사후에 생명은 있습니다. 당신의 아들이 죽기 전 전날 맵 참모총장의 축복 기도를 받도록 한 것이 바로 하느님의 뜻입니다. 하느님께서 당신 아들의 집을 마련해놓으신 것을 믿습니다."

봉근아! 과연 그러하냐?

그렇지 않으면 무슨 인연으로 너라는 생명이 생겨서 우리와 함께 살다가 그 인연이 다 하매, 구름이 사라지듯, 안개가 사라지듯 스러지고 만 것이냐? 그리고 이제 빈 몸만이 무덤에 남아 흙과 물로 분해되기를 기다리고 있는 것이냐?

만일 그렇다면 이 슬픔은 더욱 견디기 어렵겠구나. 아빠도 죽고, 엄마도 죽어서 너와 같이 구름처럼, 안개처럼 사라질 때까지는 너를 잃은 슬픔을 잊을 수 없기 때문이다.

만일 전설이 말하는 바와 같이, 사람의 몸은 나고 죽고 하더라도 넋만은 전생 후생의 여러 생을 도는 것이라고 하면 과연 너를 어느 생에 다시 만날 수 있느냐?

세상의 모든 종교와 철학, 전설이 왜 있는지 이제 알았다. 사랑하던 이가 죽으면 그 견딜 수 없는 슬픔을 어떻게 해야 할까? 하는 것이 바로 모든 종교와 철학, 전설의 근본 문제임을 이제 알았다. 그러나 아가, 나는 그중에 어떤 것을 믿어야 옳으냐? 어느 것이든 나는 네가 살아 있다고 믿게 하는 것을 믿으려 한다.

네가 나서 백 일이 되는 것을 보지 못한 채 나는 병든 몸을 이끌고 집을 떠났다. 병든 내가 함께 있으면 네게 해로울 것 같았기 때문이다.

나는 황해도 안악 연등사 남암(南庵)에 방 하나를 잡고 그곳에 모신 관세음보살에게 네가 병 없이 잘 자라기를 빌고 또 빌었다. 하지만 내 병은 더욱 악화한 나머지 거동조차 잘못하게 되고 말았다.

그러던 어느 날 밤, 시월도 지나고 초겨울 궂은비가 내리던 날이었다. 네가 어떤 사람의 등에 업혀 와서 내 품에 안겼다. 그때 나는 얼마나 울었는지 모른다. 반갑기도 했지만, 그 어린 것을 데리고 온 네 엄마를 원망하는 마음이 훨씬 더 컸기 때문이다. 나는 부정한 몸에 차마 너를 안지는 못하고 바라보며 울 수밖에 없었다. 그래서 나는 몸에 있는 눈물이 다 말라 없어질 때까지 울었다.

너는 그때 태어난 지 네 달도 채 안 된 핏덩어리에 불과했다. 이에 낯선 사람이 우는 것을 이상한 눈으로 바라보더니 급기야 너 역시 울고 말았다. 아아, 깊은 밤, 깊은 산중 부자의 눈물의 대면——

봉근아! 그것은 내 일생에서 가장 큰 비극 중 하나였다.

너는 그때 기러기 소리 같은 소리를 지를 줄 알았다. 나중에 학이 우는 소리를 듣고서야 네가 그때 지르던 소리가 학의 소리임을 알게 되었다. 그때 네가 얼마나 사랑스럽던지! 얼마나 반갑던지! 네 눈이 어떻게 정기가 있고 맑던지! 네 소리가 어찌나 맑고 힘차던지!

하지만 나는 추위가 올 것을 염려해 네 엄마를 재촉했다. 이에 사흘 만에 네 엄마와 너를 쫓아 보내고 말았다.

바람 없고 볕 따뜻하던 날, 네가 남암 주지의 등에 업혀서 처네(어린아이를 업을 때 두르는 누비로 된 이불)를 펄렁거리며 가물가물 동구 밖으로 나가는 것을, 나는 아픈 몸을 이끌고 산국화가 많이 핀 등성이에 나와서 바라보았다. 어쩌나 가슴이 아프고 눈물을 흘렸는지 모른다. 이에 마음속으로 빌고 또 빌었다.

"내 남은 목숨을 모두 저 아이에게 주시옵소서!"

그날 밤, 나는 비길 수 없는 슬픔으로 인해 결국 잠을 이루지 못했다. 하늘도 그런 내 마음을 알았던 것일까. 산 내(절의 구역 안)에는 폭풍우와 뇌성·벽력성이 일어났고, 급기야 큰 눈이 내려 내 방 창문을 때리기 시작했다. 이에 나는 너를 일찍 보낸 것을 기뻐해 마지않았다.

"아가, 우리 아기 잘 갔다. 따뜻하고 바람 없는 날 우리 아기 잘 갔다."

봉근아! 나는 네가 죽지 아니한 것을 믿는다. 다만, 네가 잠시 썼던 연약한 몸을 벗어버렸을 뿐, 그 영(靈)은 무시(無始, 시작을 알 수 없을 정도로 한없이 먼 과거, 곧 태초)에서 무종(無終, 끝이 없음)까지 살아 있음을 믿는다. 그리고 지나간 전생에도 너와 나는 부자로, 혹은 형제로, 혹은 친구로 여러 번 만났음을 믿으며, 다음 생에도 세세생생(世世生生, 불교에서 몇 번이고 다시 환생함을 이르는 말) 여러 곳에서 다양한 관계로 만날 것을 믿는다.

전생에 너는 틀림없이 내 은인이었으리라. 혹은 나를 가르치던 선생이었으리라.

네가 전생에 내게 미처 다 가르치지 못하고 간 인생의 이치를 너는 내게 가르치고 갔다. 너는 나를 예수께 소개하고 불타에게 소개했다.

네가 떠난 후 나는 《시편(詩篇)》을 읽고, 《금강경(金剛經)》과 《원각경(圓覺經)》과 《화엄경(華嚴經)》을 읽고, 사람이란 결코 죽지 않을뿐더러 죽지 못한다는 것을 배우고, 인과의 원리를 깨닫고, 변치 않을 인생관을 얻었다. 이에 네가 죽은 줄만 알고 한없이 슬퍼하던 마음을 돌려 진실로 너를 위해 비는 마음을 얻었다. 그립고 아쉬운 마음은 예전이나 지금이나 다름없지만, 너는 없어진 것이 아니요, 언제나 내 곁에 있을 것이라는 믿음을 나는 얻었다.

네 얼굴이 그만큼 아름답고, 네 정신작용이 그처럼 예민하고, 네가 그처럼 물욕에 염담(恬淡, 욕심이 없고 담백함)하고, 또 자비심이 있고, 하느님 · 부처님 문제에 늘 흥미를 갖고 있던 것을 보면, 네 바로 전생은 필시 상당한 수양을 갖췄던 사람임이 틀림없다. 하지만 네게는 때때로 불 같은 진심(瞋心, 왈칵 성내는 마음)이 있었다.

그것은 나와 같았다. 사실 너와 나는 같은 점이 매우 많았다. 그래서인지 너는 나를 잘 따랐고 크게 의지했다. 특히 엄마보다도 나를 많이 따랐다. 하지만 나는 네게 인욕(忍辱, 어떤 모욕이나 박해에도 견디어 마음을 움직이지 아니함)의 본을 보여주지 못했다.

너는 팔 년을 사는 동안 내가 성내는 것, 내가 어리석은 것을 수없이 보고 갔다. 이것이 심히 가슴 아프다. 내가 네게 인욕 하나만 가르쳐주었던들, 너와 나의 인연은 더욱 깊어졌을 텐데 말이다.

부족하게나마 나는 네게 거짓이 나쁘다는 점과 다른 사람에게 인정을 베풀라는 것만은 확실히 보여주었다. 그러나 아아, 나는 선생으로 치면 지극히 나쁜 선생이었다.

네가 네 친구의 발길에 차여 죽은 것 역시 네 업보임을 나는 안다. 네 전생에 본래 마음은 착하지만, 그 진심 하나를 조복(調伏, 마음과 몸을 제어하여 악형을 제어함)하지 못했기 때문에, 아마 어떤 기회에 어떤 사람을 발길로 차서 죽였던 모양이다. 그 업보를 네가 받은 것이다. 또 너를 발길로 찬 아이가 엄마와 아빠의 친구 아들이요, 겸해서 내가 이름을 지어준 아이인 것을 보건대, 본래 친한 집 아이에다가 아마 어떤 기회에 네 발길에 차여서 죽을 때 너를 원망하는 마음을 품었던가 보다.

하지만 너는 이주야(二晝夜, 이틀 낮과 밤)를 앓는 동안에도, 정신이 맑을 때나 무의식중에도 너를 발로 찬 아이를 결코 원망한 적이 없었다. 오직 한 번 의식이 없을 때 손으로 다친 곳을 가리키며 이렇게 말했다.

"여기를 다쳤어요."

그러면서도 너는 미소를 잃지 않았다. 그 목소리와 얼굴 역시 심히 평안하고 화평했다.

너는 분명 너를 발로 찬 아이를 털끝만큼도 원망하지 않은 듯하다. 이를 생각하면 나는 기쁘기 그지없다. 적어도 원혼(怨魂, 한 맺힌 귀신)은 되지 않을 것이니 말이다. 이 세상에 와서 아무런 악업도 짓지 않고 한 가지 업보(그것은 피할 수 없었다)만을 벗어 놓고 깨끗이 떠난 너는 반드시 전보다 훨씬 더 아름답고 많은 재주와 착함과 건강과 긴 수명을 가지고, 우리 집보다 훨씬 더 좋은 집에서 태어나 많은 사람들의 사랑과 우러름을 받을 것이다. 그리고 만일 네가 다시 내 집에 태어나지 않더라도 다시 무슨 관계로나 반갑게 만나서 네 전생에 맺었던 짧은 인연을 다시 이을 것으로 나는 믿는다. 그때 나는 너보다 사십여 세가 더 많으니, 아마 부자

관계가 아니면 사제 관계로 밖에 만날 수 없을 것이다. 이에 나는 좋은 아버지나 좋은 스승이 되기 위한 준비를 꾸준히 할 것이다.

"봉근아, 봉근아!"

어느 날 밤, 나는 서대문 옛집 앞에서 너를 애타게 불렀다.

"봉근아, 봉근아, 봉근아!"

너는 탐진치(貪瞋癡, 탐내고 성내고 어리석은 마음)를 끊고 불보살(佛菩薩, 부처와 보살)을 공양하여 보살행(菩薩行, 보살이 부처가 되려고 수행하는, 자기와 남을 이롭게 하는 원만한 행동)을 닦아 무상도(無上道, 더할 나위 없이 훌륭한 도. 곧 불도를 이름)를 일러 중생을 건지는 이가 되어라. 생사(生死) 간에 윤회하기를 끊어라.

집에 네 어미가 있고, 형과 두 명의 동생이 있으며, 또 한 명의 동생이 태어나기를 지금 기다리고 있다. 나는 그들을 먹여 살리기도 해야 하거니와 구하는 길 역시 찾지 않으면 안 된다. 나아가 나 자신이 일절 지(智)와 선방편(善方便, 선을 위한 적극적인 행동)을 배우고, 보현행(普賢行, 행을 닦으면 모든 행을 갖춘다는 화엄 원융의 묘행)을 닦아서 모범이 되지 않으면 그들을 이생에서 만난 보람이 없을 것이며, 그들에게 아무것도 대접하지 못할 것이다. 마치 너를 대접하지 못하고 보낸 것처럼 말이다. 이를 생각할 때마다 네게 미안하기 그지없다.

봉아제문(鳳兒祭文)

사랑하는 아들 봉근아! 네가 지난해 이월 이십이 일 오후 육시(六時)

에 이 세상을 떠난 지 한 해가 되었다. 네가 숨을 끊은 날 이 아비는 네 무덤에 와서 이렇게 네 넋을 부른다.

네 몸이 이미 썩었으니, 그 몸에 네 넋이 없음을 알고 있건만, 네가 간 곳을 모르니, 네 무덤에서라도 이렇게 부를 수밖에 없구나.

너는 이제 어디에 가 있느냐? 다른 별에 가서 하늘 사람으로 태어났느냐? 이 세상에서 다른 집 아들로 다시 태어났느냐? 아니면, 혹시 아직도 갈 곳을 찾지 못해 헤매고 있느냐?

네 얼굴은 맑고 아름다웠으며, 마음 역시 맑고 어질었다. 이에 세상에 있는 동안 많은 사람으로부터 귀여움을 받았다. 그러니 필시 네 전생에 좋은 뿌리를 심은 것이매, 내 아들로 태어났을 때보다 훨씬 더 좋은 곳으로 갔을 것이다. 하지만 내가 사십 평생 가장 사랑하던 사람이요, 벗이었던 너를 여의매, 내 슬픔은 끊일 줄 모른다.

네가 내 무릎 위에 있는 동안 나는 네게 좋은 것을 하나도 해주지 못하고 도리어 좋지 못한 꼴만 보이고 말았다. 내 어찌 네 마음을 늘 기쁘게 못하였던고? 내 어찌 네 눈에 거룩하고 높고 깨끗하고 자비로운 사람이 되지 못하였던고? 네가 하느님을 묻고, 부처님을 묻고, 착한 사람은 어찌하여 착하며, 악한 사람은 어찌하여 악한가를 묻고, 사람이 죽으면 어찌 되는가를 물었을 때 네게 대답할 지혜를 어찌 갖지 못하였던고? 그 많은 병을 앓고, 그 많은 매를 맞고, 그 많은 비위에 거슬림을 받게 했던고?

그러나 사랑하는 내 아들아! 나는 너를 바른길로 인도하지 못하였지만, 너는 죽음의 방편으로 내게 바른 길을 지시하였다. 네가 가는 것을 보고, 나는 지금까지 나의 잘못된 생각을 버리고, 바른길을 찾기로 하였다. 나는 천만 번 나고 죽어 지옥 아귀의 고생을 하더라도 높고 바른길을 찾아 잘못 사는 무리를 구하리라는 큰바람을 세웠다.

사랑하는 내 아들아! 나는 너를 다시 만날 것을 믿는다. 너와 함께 높은 길을 닦아 괴로움에 허덕이는 모든 무리를 구하는 일을 함께할 날이 있을 것을 믿는다. 그러므로 나는 이제 내 슬픔을 죽이련다. 그러니 너도 이제 네 슬픔을 죽여라! 네 마음에 박힌 모든 번뇌를 다 살라 버리고 높은 길 닦기에 힘써라. 그리고 다시 태어날 곳을 찾거든 돈 많은 집이나 세력 많은 집이 아닌 어진 마음을 갖고 어진 일을 하기를 힘쓰는 집을 찾아라.

사랑하는 내 아들 봉근아! 네가 일곱 해 동안 아비라고 부르던 좋지 못한 아비였던 나는 오늘 네가 생전에 좋아하던 우유와 과자, 사이다, 포도주를 가지고 네 무덤 앞에 와서 너를 이렇게 애타게 부른다.

아아, 봉근아! 사랑하는 내 아들아! 이 아비의 정성을 받아라.

－1935년

원제 : 봉아의 추억

그 아이의 죽음

_이광수

─어느 처녀의 가엾은 죽음

오늘 새벽─새벽이라기보다는 이른 아침에 홀로 명상에 잠겨 있을 때였다. 참새와 멧새의 예쁜 소리와 함께 비둘기가 구슬프게 우는 소리가 들렸다.

어제 내린 봄비에 그렇게도 안 간다고 앙탈을 부리던 추위 역시 가버렸다. 그래서인지 오늘 아침에는 자욱하게 낀 봄 안개며, 감나무 가지에 조롱조롱 구슬같이 매달린 물방울, 겨우내 잠잠하다가 목이 터진 앞 개울물 소리 역시 여느 때와 다르다. 여전히 춥기는 하지만 비로소 봄맛이 난다.

갑자기 불현듯 나는 봄기운 어디선가 끊일락 말락 비둘기 소리가 들려온다. 올해 들어 처음 듣는 비둘기 소리다. 하지만 마음이 슬프기 때문일까. 오늘따라 비둘기 소리가 유난히 슬픔을 자아낸다.

사실 그 애(작년에 죽은 조카딸)가 듣고 슬퍼하던 것은 뻐꾸기 소리지 비둘기 소리가 아니었다. 그러나 뻐꾸기가 울려면 아직도 한 달은 더 있어야 할 것이다.

"뻐꾸기 소리가 너무 슬퍼요. 만일 나도 죽으면 뻐꾸기가 되어 이 산 저 산 다니며 슬피 울어나 볼까요?"

아이는 바짝 여윈 낯에 시무룩한 표정으로 이렇게 말하곤 했다.

그래서인지 비둘기 소리만 들어도 나는 그 애 생각이 난다. 하물며 뻐꾸기 소리가 들리면 얼마나 더 그 애 생각이 날까.

사과 꽃이 피고, 감나무 잎이 파릇파릇해지면 겹옷이 부담스러워진다. 그렇다고 홑옷을 입기에는 아직 이르다.

오월의 어느 날 아침, 그날따라 창밖에서 뻐꾸기가 유난히 울어대 단잠을 깨고 말았다.

"아, 뻐꾸기가 우네. 그 애가 또 얼마나 슬퍼할까?"

그러면서 나는 눈물이 고이고 있음을 깨달았다. 그렇게도 마음이 착했던 아이, 이 년 동안이나 긴 병을 앓으면서도 짜증 한 번 내지 않았던 아이, 제 아버지가 화를 내면 못 들은 척 가만히 있고, 어머니가 화를 내면,

"어머니도 참, 뭘 그런 거로 화를 내세요? 다 내 운명이죠, 뭐. 그 사람 탓을 해서 뭐해요?"

하고 양미간을 살짝 찌푸릴 뿐 착하기 그지없던 아이, 그렇게 열이 오르내리고 몸이 괴로워도, 내가 제 방에 들어갈 때면 빙그레 웃어주던 아이, 전문학교까지 다녔음에도 어느 남자와 마주 서서 말조차 해본 적이

없던 아이…….

그 애를 그렇게 지독한 모욕과 실연의 아픔을 맛보게 한 책임은 바로 내게 있었다. 하지만 그 애는 나를 원망하기는커녕, 제 부모가 나를 원망이라도 하면 이렇게 말하곤 했다.

"아저씨가 다 나 잘되라고 그런 것이지 설마 못 되라고 그랬겠어요? 그리고 아저씨인들 얼마나 마음이 아프시겠어요?"

그렇게 착한 아이였다. 하지만, 지금 그 애는 자리에 누워 죽을 날만을 기다리고 있었다.

뻐꾸기의 애끓는 소리를 듣고 있으려니 더는 견딜 수 없었다. 이에 세수도 하지 않은 채 그 길로 가마골 숲 사이에 있는 그 애의 집을 찾았다.

그 아이가 뻐꾸기 소리를 듣고 오늘은 또 얼마나 슬퍼할지 생각하니 가슴이 저려왔다.

하지만, 아아! 방에 들어가 보니, 아이는 벌써 다시 깨지 못할 잠이 들고 말았다. 해쓱한 얼굴에는 편안하게 잠든 어린애와 같은 평화가 묻어나고 있었다.

손도, 이마도 싸늘하게 식고, 발랑발랑(걸쭉한 액체가 자꾸 작은 방울을 튀기며 끓는 소리 또는 그 모양)하던 가슴은 고요하기 그지없었다.

스물네 살의 짧은 인생. 꽃으로 치면 활짝 피어 보지도 못한 채 방싯(소리 없이 살짝 열리는 모양) 봉오리가 열리다가 하룻밤 된서리에 시들어 버리고만 가여운 인생이었다.

이제는 그렇게 슬퍼하던 뻐꾸기 소리도 들을 수 없다. 또 그 곁에서 얼이 빠진 채 울지도 못하는 아이의 어머니와 아버지의 슬픔 역시 알 수 없다. 오직 고요한 적멸뿐이다.

어린 가슴에 박힌 독한 칼자국의 쓰라림도 이제는 없다. 그의 생명을 씹던 모든 균, 배신당한 사랑의 아픔, 미워해야 할 사람이건만 미워하지 못하는 순정, 백년가약을 굳게 언약하고 맹세하던 사람이 다른 여자의 남편이 되었어도 그를 단념하지 못하던 애끓음…… 이것도 이제는 지나간 한바탕 꿈에 불과하다.

어디서 왔으며, 어디로 가는고? 구름같이 나타났다가, 구름같이 스러지는 인생.

아이 아버지 말에 의하면, 아이는 죽을 때까지 제 아버지를 걱정했다고 한다.

"새벽 네 시나 되었을까. '아버지 피곤하실 테니, 어서 가서 주무세요. 저도 몸이 편안해져서 오늘은 잘 수 있을 것 같아요. 아버지 주무시는 것 보고 나도 잘 테니, 어서 가서 주무세요.' 라고 하기에, 한 시간쯤 누웠다가 일어나보니, 아까 그 모양 그대로 누워서 꼼짝도 하지 않는구려."

그러면서 한마디를 덧붙였다.

"나는 자는 줄만 알았어요."

과연 자는 것이었다.

의사가 일주일을 못 견디리라는 선고를 내린 후 저 먹고 싶은 것이나 실컷 먹고 고통이나 없이 해달라고 해서 마취제 처방을 받은 것이 바로 칠팔일 전이었다. 그래도 설마 하는 것이 골육(骨肉, 조부모, 부모, 형제 등과 같이 혈족 관계가 있는 사람)의 정이다.

사오일 전쯤 얼굴을 보러왔을 때였다.

나를 볼 때마다 빙그레 웃던 표정이 얼굴에서 사라지고 없었다.

"오늘은 왜 웃지 않니? 웃어라."

"아저씨가 들어오시기 전에 웃었는데, 몸이 너무 부어서 웃는 것이 안 좋아 보일까 봐요."

그러면서 웃으려고 했지만, 근육이 제 마음대로 움직이지 않는 모양이었다.

"그래 웃어라, 응?"

나는 슬픔을 참노라 입술을 깨물었다.

그 애가 간 줄도 모르고 뻐꾸기는 여전히 울었다.

우리는 뻐꾸기 소리를 들으며 그 애를 염습(殮襲, 죽은 이의 몸을 씻긴 뒤에 수의를 입히고 염포로 묶는 일)하고, 관에 넣고, 상여에 담았다. 그리고 뻐꾸기 소리를 들으며 홍제원 화장터로 가서 그 아이의 시신을 쇠가마에 넣었다.

한 시간 반이 지난 후 나는 아이의 아버지와 또 한 사람과 함께 아이의 유골을 찾으러 갔다. 쇠 삼태기에 그 애의 명패가 서고, 재 한 줌과 타다 남은 하얀 뼈 두어 조각, 옥같이 맑고 투명한 뼈 두어 조각. 그것이 그 아이의 전부였다. 또한, 그것이 그 애의 깨끗하고 착한 일생을 말해주고 있었다.

남아 있던 뼈 두어 조각을 마저 부스러뜨리니, 그야말로 남는 것이라고는 재 한 줌이라기보다 먼지 한 줌에 가까웠다. 이것이 바로 며칠 전까지도 나를 보며 웃어주던 그 아이였다.

며칠 전 아이는 불쑥 내게 이런 말을 했다.

"아이, 뻐꾸기가 또 우네. 많고 많은 산 다 놔두고 왜 하필 여기 와서 울까? 나도 죽거든 뻐꾸기가 되어 이 산 저 산 돌아다니면서 울어나 볼까? 아저씨, 이번에 만일 살아난다면 스님이 되고 싶어요. 그래서 절에 가만히 앉아서 목탁이나 치고 염불이나 할래요."

과연 아이의 말을 믿어야 할까.

혹시 금시(今時, 바로 지금)에 어디에서 그 애가,

"아저씨, 나 여기 있어요."

라며, 웃으면서 나오지는 않을까.

나는 작년에 여덟 살 된 아들 봉아(鳳兒)를 잃고 한 달이 지날 즈음, 다시 사랑하는 조카딸을 잃고 말았다.

슬픔 위에 덧쌓이는 슬픔이여! 그러나 사람이란 누구나 다 한 번은 죽는 것을, 누구나 다 한 번은 죽는 것을.

오늘 아침 내가 들은 비둘기 소리를 그 애의 아버지와 어머니가 들으면 얼마나 슬퍼할까. 그러니 내가 비록 그 애를 생각하며 슬퍼한들, 어찌 낳고 기른 부모에 비길 수 있겠는가.

오늘 비둘기가 울었으니 얼마 후면 뻐꾸기도 올 것이다. 하지만 그 뻐꾸기 소리를 차마 어찌 들을꼬? 비록 제 부모만은 못하더라도 나 역시 그 애의 기억을 소중하게 가슴 속에 품고 있는 것을. 그렇게도 착하고, 그렇게도 깨끗하던 아이. 생각건대, 살아 있는 동안 그 아이를 평생 잊지 못할 것이다.

아아, 또 비둘기가 운다.

-1936년 5월 〈사해공론〉

원제 : 뻐꾸기와 그 애

끝없는 어둠 속 한줄기 빛

만일 사랑이 그런 것이라면

도전할 수밖에 없는

당신과 나의 운명

바로 그것이었다

어떠한 기로에 처하여도

걸음을 멈출 수 없는

가지 않으면 아니 될

당신과 나의 길.

_이양우, 〈아내와의 길〉

봄이면 생각나는 사람

_김남천

어젯밤부터 많은 눈이 내렸다. 입춘(立春)이 지났으니 겨울이라고 할 수는 없고, 봄이라고 하자니 아직도 찬 바람이 매섭다. 지금도 밖에는 흰 눈이 퍼붓고 있다.

나는 책상에 마주 앉아 '봄이면 생각나는 곳이나 사람'에 관한 글을 쓰고 있다. 그런데 아무런 감정의 저어(齟齬, 틀어져서 어긋남)도 느껴지지 않는다. 창틈으로 들어오는 바람은 확실히 훈기를 품고 있다. 이에 지금 내리고 있는 무거운 눈은 겨울의 것이라기보다는 봄의 꽃이라고 할 수 있다. 그러니 지금은 영락없는 봄이요, 내 마음도 봄을 안은 지 오래다.

지하실에 넣어둔 화분을 무심결에 보았더니 성급한 것은 벌써 멀건 새싹을 비죽이 내밀고 있다. 봄은 왔다. 봄은 대기 속에 가득 차 있다. 나는 그것을 온몸으로 느낀다. 봄을 느끼며, 봄을 품으며, 나는 지금 봄이 가지고 있는 아름다운 풍경과 잊히지 않는 사람을 회상하며 한나절을 즐기고 있다.

봄이면 생각나는 곳— 언뜻, 머릿속에 떠오르는 곳만 해도 3~4곳쯤
된다.

고향의 산과 물과 들. 특히 비류강(沸流江, 평안남도 신양군과 성천군
을 흐르는 강)의 얼음이 녹아 물이 맑아지면 겨우내 흩어졌던 잉어 떼가
다시 모여든다. 배 위에서 보면 마치 잡힐 듯이 가까이 보인다. 12봉의 수
풀 역시 하루하루 푸르러 간다. 물감을 칠한 위에 다시 한 번 칠하기라도
한 듯 점점 초록색으로 변해간다. 보리가 파랗게 자란 곳에서 종달새가
울고, 금산에 진달래가 필 무렵에는 부드러운 비단 같은 라일락이 온 산
을 둘러 감는다. 이때 나는 파랗게 깔린 잔디 위에 누워서 벌판에 줄을 그
으며 달려오는 버스와 트럭을 졸린 눈으로 바라본다.

봄은 나를 아늑한 고향 산천 속으로 인도한다. —평양 대동강과 보통
(普通)벌, 그리고 도쿄 꽃 프랑크의 앞과 뒤—

나는 스무 살 때까지 이 세 곳의 봄 풍경에 안겨 자랐다. 그곳은 나의 정
서가 되었고, 피와 살이 되었다. 그래서일까. '봄'하고 입으로 중얼거리
면 마치 봄이라는 말이 가지고 있는 감성화 된 개념이 가슴을 설레게 한
다. 그럴 때마다 나는 약에 취한 사람처럼 한동안 몸 둘 곳을 찾지 못한다.
그러나 그 아름다운 풍경 역시 필름처럼 순식간에 흘러가 버린다. 그러
면 그 자리에는 '봄'과 함께 영원히 잊을 수 없는 두 사람이 남아 있다. 흡
사 그것은 또렷하게 새겨 쓴 커다란 자막과도 같이 나의 망막 속에서 떨
어질 줄 모른다. 그중 한 사람은 먼저 죽은 내 아내요, 또 한 사람은 오랫

동안 나와 함께 살다가 폐병으로 세상을 떠난 T라는 벗이다.

봄과 더불어 오는 두 사람에 대한 추억은 내게 있어 숙명적이란 느낌을 준다. 벗들 가운데 죽은 사람도 많고, 불행한 중에 소식이 끊긴 사람 역시 적지 않다. 하지만 그들은 특별한 순간에만 가끔 내 가슴을 두드려 잠깐의 우수(憂愁, 근심)에 잠기게 할 뿐이다. 그런데 두 사람은 다르다. 두 사람의 환영(幻影)은 봄이면 나를 깊은 추억 속으로 몰아넣는다.

그들은 내 머리와 등에 때때로 괴로운 채찍질을 가한다. 그때마다 나는 그들의 환영에서 벗어나고자 발버둥을 친다.

그들이 땅속에 묻힌 지 이미 4~5년이 지났다. 하지만 그들은 여전히 봄과 함께 내 옆에, 나의 마음속에 살아있다.

죽은 내 아내에 관한 이야기를 여기에 적는 것은 쑥스러울 뿐만 아니라 적절하지도 않다. 오랫동안 나의 반려(伴侶, 짝)였고, 청년기의 추억 대부분을 함께 하고 있기 때문이다. 나아가 원고지 십여 매로 그것을 얘기할 만큼 단순한 얘깃거리도 아니다. 그래서일까. 아내의 환영은 어떤 특수한 정황이나 표정, 행동을 수반한다기보다는 안개와 같이 자욱하게 나타나 전신을 부드럽게 감싸며 시각보다는 촉각을 압박하곤 한다. 영상과 소리 역시 뚜렷하지 않다. 눈과 귓등에 뱅뱅 맴돌 뿐이다. 그 때문에 그것을 마음대로 뿌리치기도 힘들다.

그러나 T에 대한 회상은 다르다. 그를 생각하는 순간, 즉시 사건이 눈앞에 펼쳐진다. 아니, 사건 속에 T가 등장하고, 동시에 한 폭의 정황이 이를 둘러싸고 내 안에서 재현되는 것이다. 그러다 보니 살아 있는 것처럼 내 옆에 서서 나와 이야기를 나누는 듯하다. 그러니 이는 회상이 아닌 활화(活畵, 생생한 그림)라고 할 수 있다.

T를 처음 본 것은 겨울이 한고비를 넘어 영하 15도를 오르내리던 날이었다.

아침을 먹고 있을 때였다. 푸른 수의(囚衣, 죄수들이 입는 옷)에 맨발을 한 사내 하나가 우리 방으로 들어왔다. 전날 밤 다른 방에 들었다가 고향 사람이 있다고 해서 방을 옮긴 것이다. 그는 관북 명천 출신으로 오랫동안 원산 부두에서 노동일을 했다고 했다. 그래서인지 달포(한 달이 조금 넘는 기간) 동안 해를 보지 못했다는 데도 오랜 노동 덕분인지 몸이 매우 단단해 보였다.

수인번호 관계로 그와 나는 바로 옆에 앉게 되었다. 그때부터 나는 몇 달 동안 그로부터 새로운 지식을 배우느라 무척 바쁘게 지냈다. 주로 파쟁(派爭, 파벌끼리의 다툼)에 관한 지식으로, 그는 직접 몸을 부딪쳐가며 배웠다고 했다. 그리고 이것이 모든 것의 화인(禍因, 재앙의 원인)일 뿐만 아니라 자신들이 무엇이라고 조금만 끼적거리면(글씨나 그림 따위를 아무렇게나 쓰거나 그리면) 다시금 옛날의 추잡한 역사를 되풀이할 수 있다고 했다.

그러는 동안 계절은 점점 봄으로 접어들었다. 기척 없이 찾아오는 고양이 같이 봄은 소리 없이 우리를 찾아왔다. 해는 길어지고, 밤마다 누운 몸이 노곤해졌으며, 인왕산을 오르는 사람들의 그림자 역시 나날이 불어갔다. 하지만 방 안은 여전히 싸늘한 냉기가 감돌았다.

봄비로 인해 사흘 동안이나 바깥 구경을 못 했던 어느 날 오후, 우리는 오랜만에 맑게 갠 하늘을 보며 운동을 하기 위해 뒷마당으로 나갔다. 해는 이미 남쪽으로 비스듬히 기울고 있었다. 둥그렇게 뛰어놀게 만들어 놓은 정원에는 무궁화 다섯 포기와 큰 벚나무가 한 그루 서 있었다.

사흘 동안 내린 비에 벚꽃은 분홍색 꽃을 활짝 자랑하고 있었다. 너나할 것 없이 감탄사를 내뱉고 싶은 눈치였다. 하지만 우리는 오랫동안의 훈련으로 인해 금방이라도 입 밖으로 뛰어나올 것만 같은 감탄사를 겨우 입속으로 다시 거두어 넣었다. 하지만 가슴을 두드리는 고동만은 어떻게 할 수 없었다.

오는 듯 마는 듯 남모르게 찾아오던 봄이 비로소 굳게 닫힌 문을 요란스럽게 두드리고 있었다. 굶주려 있던 욕망이 분류(奔流, 아주 빠르고 세차게 흐름)와 같이 용솟음칠 때처럼 우리는 젊음 가슴을 아름다운 꽃 밑에서 안타깝게 애태웠다. 꽃은 때때로 성적 매력까지 발산하는 듯했다. 그러나 그 시간은 단 3분에 지나지 않았다.

우리는 온종일 강렬한 자극 속에서 정열을 향락한 듯 가눌 수 없이 피곤한 몸을 이끌고 다시 방으로 돌아왔다. 그러나 누구도 말이 없었다. 한두 마디로 표현하고 읊조리기에는 너무도 큰 충격을 받은 듯했다.

나는 읽던 책을 끌어다가 다시 무릎 위에 펼쳤다. 그러자 T는 가슴에서 꽃 한 송이를 꺼내어 손 위에 숨긴 채 멍하니 바라보고 있었다. 그렇게 감시가 심한 가운데도 꽃 한 송이를 따왔던 것이다. 나는 아무 말 없이 그의 손 위에 놓인 꽃과 그의 얼굴을 번갈아 바라보았다. 그것이 그와의 마지막 순간이었다.

이튿날 새벽, T는 변기통 위에 타구(唾具, 가래나 침을 뱉는 그릇)를 올려놓고 붉은 피를 하염없이 쏟아내고 있었다. 이에 일주일 만에 다시 병원에 입원해야 했다.

그 후 나는 그의 소식을 전혀 듣지 못했다. 그러다가 내가 보석으로 풀려난 뒤 그들의 예심이 종결되었을 때 신문에 난 그의 이름 밑에서 '사망'이란 두 글자를 발견할 수 있었다.

무인(戊寅) 2월

- 1938년 4월 〈조광〉
원제 : 봄이면 생각나는 사람

엄마를 잃은 어린 두 딸에게

_**김남천**

아무것도 알지 못하는 너희들을 향해 펜을 들게 된 아빠의 마음을 너희들이 알려면 아마 적어도 십 년 내지 십오 년 이상은 걸릴 것이다.

십 년, 십오 년 후에야 너희들이 볼 수 있고 이해할 수 있을 이 글을 아빠가 이렇게 이르게 쓰게 될 줄은 나는 물론 엄마를 사랑했던 사람들 역시 미처 생각하지 못했던 일이다.

그것은 너무도 큰 괴변이자 너무도 커다란 역참(逆慘, 참변)이었다. 따라서 아무리 철이 없고 엄마 아빠를 분간조차 못 하는 너희들이라도 이 괴변과 역참을 생각한다면 단풍잎 같은 두 손은 스스로 맺히는 이슬방울을 닦기 위해 두 눈을 한없이 문지르고 있을 것이라고 나는 생각한다.

엄마는 이십삼 년이라는 짧은 삶을 살고, 스물네 살이 되자마자 나와 어린 너희들을 남겨둔 채 사색(思索)과 감각(感覺)하기를 영원히 끊어버리고 말았다. 이 사실을 너희들이 이해하게 되는 날이 온다면 그때는 아마 이 펜을 잡고 있는 아빠의 모든 슬픔과 사정 역시 이해할 수 있을 것이다.

그러나 그것이 십 년 후이랴, 십오 년 후이랴! 물론 너희들이 이 글을 보기까지는 십 년도 채 안 걸릴 수도 있다. 그러나 너희들이 이 글을 완전히 이해하기까지는 십 년이 걸릴지 이십 년이 걸릴지 알 수 없다. 이 글을 이해하기 위해 너희들은 비상한 정서(情緖)의 힘을 갖지 않으면 안 될지도 모른다. 나아가 비상하고 날카로운 이해의 힘을 갖지 않으면 안 될지도 모른다. 혹은 그때는 이미 완전히 과거의 것이 되어버린 낡고 완고한 나의 사상을 이해하는 대신 조소와 경멸을 하면서 이 글을 볼 수도 있다.

그러나 이러한 모든 것은 새로운 시대에 살고 있을 너희들의 마음의 문제이며, 너희들이 나의 사상을 여하히(의견, 성질, 형편, 상태 따위가 어찌 되어 있게) 평가하고 이해한다고 해도 그것은 너희들의 자유다.

오직 나는 낡고 완고해진 나의 사상과 엄마의 교훈과 너희들에게 대한 우리의 사랑을 정당하게 너희들이 소화하는 데 의하여 그것이 조금이라도 너희들을 생각과 완성으로 이끄는 정신적인 영양(營養)이 될 수 있을지도 모른다는 생각에 이 글을 쓰고 있는 것이다.

그런데도 내가 지금 펜을 들고 있는 가장 큰 이유는 앞으로 다가올 십 년 또는 이십 년의 미래에 너희들을 내 무릎 앞에 앉히고 십 년 또는 이십 년 전에 어떤 슬픈 일이 있었으며, 너희들의 엄마가 너희들에게 주지 못한 채 돌아간 수많은 교훈과 사랑에 대해 너희들에게 이해할 수 있을 만큼 이야기할 기회가 올 것이냐, 못 올 것이냐 하는 의문 때문이다.

너희가 이 글을 보게 되는지— 물론 그것도 의문이지만— 그러나 너희가 어떤 기회에 엄마와 아빠의 지나온 길을 알려고 하는 진지한 태도가 생길 때, 그리고 엄마와 아빠의 너희에 대한 사랑을 알고자 할 때 몇십 년 전에 쓴 이 글이 도움되리라고 나는 생각한다.

사실 너희들이 자라서 당당하게 한 사람의 몫을 다할 때까지 아빠가 살아있을지도 의문이다. 지금 내 건강으로 미뤄 보건대, 너희들이 클 때까지 살아 있고 싶다는 간절한 바람은 물거품이 될 수도 있다.

설령, 이런 모든 불행을 생각하지 않고, 너희 둘을 내 무릎 앞에 앉혀 놓고 엄마에 대해서 이야기할 기회가 온다고 한들, 지금 내가 하고자 하는 이야기를 그대로 전할 수는 없을 것이다. 또한, 엄마에 대한 너희들의 생각 역시 변하지 않으리라는 보장은 없다. 이에 아빠는 펜을 들지 않을 수 없었다.

두 달 전, 너희는 엄마를 영원히 잃어버리고 말았다. 하지만 너희는 엄마가 누구인지, 엄마가 살았는지 죽었는지조차 분간하지 못했다. 그도 그럴 것이 큰 아이는 이제 두 돌이 지나 네 살이었고, 작은 아이는 세상에 나온 지 불과 열흘이 채 안 되었기 때문이다. 엄마의 사랑과 젖, 품이 필요할 시기였다.

큰 아이는 우리의 구차한 삶에 장애가 된다고 해서 서너 달 전부터 외할머니의 품속에서 자라고 있었다. 이에 엄마의 사진첩을 펼쳐 "엄마가 누구냐?"고 물으면 바로 짚을 때도 있고 혹은 다른 여인의 얼굴 위에 통통하고 짧은 손가락을 짚으면서 우리를 쳐다볼 때도 있었다.

그때마다 나는 큰 아이의 손가락을 엄마 얼굴 위에다 짚어주며 이렇게 말하곤 했다.

"똑똑히 봐! 네 엄마는 이 사람이야!"

작은아이가 태어나기 전의 일이다.

큰 아이와 함께 시골에서 올라오신 외할머니가 방이 작아서 함께 주무시지 못하고 아이만 남긴 채 다른 곳으로 가신 적이 있다. 이에 엄마와 아빠는 큰 아이를 가운데 눕히고 자려고 했다. 그런데 재롱을 피우며 방 안 이곳저곳을 돌아다니던 아이가 몹시 쓸쓸해 하는 표정으로 아빠와 엄마를 번갈아 쳐다보더니, 그대로 엄마의 품에 안기어 잠이 들고 말았다. 엄마의 젖을 꼭 쥐고 이따금 움찔움찔하면서.

그런데 밤중이 되어 무엇에 깜짝 놀란 듯이 얼핏 눈을 뜨더니 벌떡 일어나 앉으며 두리번거리며 누군가를 찾지 뭐냐. 그리고 잠시 두 어깨가 들먹들먹하더니 이내 동그래진 두 눈에서 눈물을 뚝뚝 흘리며 '엄마'를 찾았다.

"엄마 여기 있다."

엄마가 큰 아이를 꼭 끌어안으며 말했지만 아이는 여전히 울기만 했다. 그리고 누군가를 찾으며 "엄마! 엄마"라고 울었다.

"이런 변이 있나. 많지도 않은 딸 하나를 제대로 키우지 못하다니."

엄마는 큰 아이를 안으면서 잠옷 자락으로 눈물을 쓱─문질렀다.

"그만한 일에 울기는. 아이가 할머니를 따르는 게 뭐 그리 큰 잘못인가?"

나는 이불 속에서 물끄러미 모녀의 모습을 바라보다가 그대로 획—하고 돌아눕고 말았다.

"누가 큰 잘못이래요. 딸이 엄마 품을 모르고 우니까 그렇지."

이것이 큰아이가 마지막으로 엄마의 품에 안겼을 때의 일로 엄마 역시 그 후 아이의 얼굴을 다시 보지 못했다.

큰아이가 제 엄마의 젖을 쥐고도 제 엄마의 품인 줄을 몰랐거늘, 하물며 핏덩어리에 불과했던 작은아이는 더 말할 여지도 없다. 아이는 이제 겨우 울 줄이나 알고 젖이나 빨 줄 안다. 가끔 천장을 쳐다보다가 생긋생긋 웃기도 한다.

나는 지금까지 부모의 사랑이라든지, 아이들에 대한 어버이의 사랑에 대해 진실로 생각해본 적이 없다. 그래서 부끄럽지만, 아이를 안고 눈물을 흘리던 네 엄마를 꾸짖으며, 창피하게 굴지 말라고 야단을 친 적도 있다.

그러나 지금 엄마를 잃어버린 어린 너희들을 생각하면 말할 수 없는 참담함과 쓸쓸함을 느끼게 된다. 나아가 너희들의 앞날을 밝혀줄 하나의 큰 빛을 잃어버린 것 같다는 생각이 든다.

이렇게 말하면 세상 사람들은 물론 너희들 역시 나의 완고하고 어리석음을 비웃을지도 모른다. 나 자신도 제삼자로서 그런 경우를 보았다면 틀림없이 그렇게 했을 것이기 때문이다.

물론 어려서 엄마를 잃은 아이들이 너희들만 있는 것은 아니다. 매일 적지 않은 사람들이 엄마와 아내를 잃었다는 소식을 들을 수 있기 때문이다.

그러나 나의 사랑스러운 딸들이여!

세상에 수없이 많은 일이라고 해서 그것이 결코 작은 일이며, 세상에 허구한 일이라고 해서 반드시 그것이 결코 큰일이라고는 할 수 없다. 두 돌이 지난 것과 생후 채 열흘도 안 되는 너희들이 단 하나뿐인 엄마를 잃은 일, 나아가 건전한 감정과 이지를 채 갖기도 전에 자신의 천품과 개성을 싹조차 피우지 못하고, 어린 두 딸을 그대로 두고 이십삼 년이라는 짧은 생을 마치고 땅속으로 돌아간 일은 결코 작거나 부끄러운 일이 아니다. 그러므로 세상 사람들이 엄마의 죽음에 대해서 잊어버리고, 엄마를 사랑하던 사람들이 엄마와의 추억을 완전히 잊어버린 뒤에도 너희들이 느끼는 비통한 슬픔은 무엇과도 바꿀 수 없을 것이다. 이에 너희들은 인생의 첫걸음에 수많은 적막의 적잖이 큰 부분을 미리 맛보았다고 할 수 있다. 즉, '네부스키'의 탄탄대로가 아닌 '형자(刑者)의 소로' 위에 선 것이다.

그러나 귀엽고 사랑스러운 나의 딸들이여!

이 커다란 불행이 동시에 세상 그 무엇과도 바꿀 수 없는 큰 행복임을 결코 잊어서는 안 된다.

이 불행 탓에 그리고 이 슬픔 탓에 너희들은 인생에 대한 심오한 적막 앞에 부딪게 될 것이며, 이는 너희들 인생에 있어 둘도 없는 소중한 자산이 될 것이다. 즉, 너희들이 반드시 걸어나가야 할 인생의 행로 위에서, 너희들이 부딪치고, 그것을 뚫고 나가야 할 수많은 장애물 앞에 세워질 때 너희들에게 조금도 두려움 없는 '돌격'의 마음을 갖게 하는 가능성을 줄 것이다.

불행을 불행으로만 생각해서는 안 된다. 마찬가지로 적막을 적막으로만 돌려보내서도 안 된다.

불행한 탓에 또한 행복한 나의 딸들이여!

너희들은 적막한 탓에 적막을 알고 적막을 알기 때문에 삶을 안다고 할 수 있다. 그 때문에 적막을 정복하지 않으면 안 된다.

엄마와 아빠가 함께 생활을 영위하게 되기까지는 실로 수많은 가시밭길을 밟아야 했다. 서로 처음 보게 된 것은 지금으로부터 십 년 전, 엄마와 아빠가 열다섯 살 되던 해 중등학교 2학년 때였다.

우리의 앞길에는 말할 수 없이 많은 장애가 있었다. 그리하여 우리는 구렁에도 빠져보았고, 큰 바위를 뚫고 나갈 수 없어 그것을 바라보며 온종일 한숨을 짓기도 했다. 해가 질 무렵에야 그것을 피해 겨우 다른 길로 돌아 나올 수 있었다. 또 다리도, 배도 없는 강물을 건너기 위해 종아리를 걷고 깊은 물 속에 들어서기도 했다.

예상치 못했던 커다란 곤봉에 머리를 맞고 나아갈 방향을 알 수 없어 깊은 밀림 속에서 서로 자취를 잃고 들리지 않는 목소리로 고함을 치면서 헤맨 적도 있다.

그러면서 엄마 아빠는 비로소 인생을 알기 시작했다. 눈 녹는 언덕을 넘다가 가시덤불에 걸려 넘어지고, 무릎에 흐르는 피를 씻다가 죽은 가지에서 피어 터지는 새싹을 발견하고는 그것이 봄인 줄 오해하기도 했다. 녹일 듯이 내리쬐는 불볕더위를 피해 신작로 옆에 서 있는 백양목 그늘에서 땀을 훔칠 때, 양철로 지붕을 이은 바라크 속에서 몰려오는 홍수의 아우성을 들을 때는 바야흐로 여름이 왔음을 알았다. 또한, 비단결 같은 벽공에서 비행기의 굉음 소리를 들으며 홀로 넓은 광야를 거닐다가 서리에 젖어 있는 들국화를 꺾어 들고 가을이 지나갔음을 안 적도 없지 않다.

아, 나의 사랑스러운 딸들이여!

구름 한 점 없는 코발트 색 창공과 붉은 땅을 하얗게 줄 그은 일직선 라인 위에서 가을 하늘 속에 떠오르는 볼을 향해 명쾌한 웃음을 짓던 너희 엄마는 어린 비둘기 같은 가슴속에 인생의 적막을 안겨주었다. 그리고 이는 인생의 가장 깊은 곳을 향해 쏜 화살이 되었다.

수많은 곤란과 탄압 속에서 너희 엄마에게 나를 따르게 하고, 내게 너희 엄마를 따르게 한단 하나의 힘은 서로의 가장 진실한 곳을 탐구하려는 진실한 태도에서 비롯되었다. 그것이 어느 정도의 족적(足蹟)을 사회에 남겼는지는 여기서 평가할 필요가 없다. (왜냐하면, 우리의 생활이 이 사회에 이바지한 바는 그 의도의 선량함에도 불구하고 아무것도 없기 때문이다) 그러나 우리가 우리의 개인적인 생활을 공적인 생활에 종속시키려고 수많은 노력을 했다는 것, 그리고 그 사이에 있는 모순을 없애기 위해 싸울 때도, 눈물을 흘릴 때도, 웃을 때도 잦았다. 너희 엄마는 이 세상을 떠나는 날까지 이 생활의 위대한 고민 속에서 살고 있었다. 이것은 너의 엄마에게 있어서나 나에게 있어서나 또는 모든 사람에게 있어서 어느 정도 숙명적인 것이리라.

그러나 이제는 완전히 새로운 시대에 살고 있을 나의 사랑스러운 딸들이여!

이 '모순의 고민'은 결코 단순한 경멸과 조소로써 침 뱉어 버릴 만큼 쓸데없는 것이 아니다. 이 고민을 극복하려는 노력으로 엄마와 아빠의 사상은 전진했고, 이 고민을 붉은 심장을 가지고 대하는 도수에 따라 엄마와 아빠는 삶의 본질에 점점 더 가까이 다가갈 수 있었다. 그런 점에서 우리 세대의 청년들이 그런 고민을 전혀 모른 채 지나가거나 표면만을 건드리고 지나간다면 그것은 인생을 제대로 '생활'했다고 볼 수 없다.

귀엽고 사랑스러운 나의 딸들이여!

너희 엄마는 이 고민을 회피하고 달아날 만큼 비겁한 사람이 아니었다. 오히려 항상 최선을 다해 고민과 싸웠다.

엄마가 아빠와 서로의 가슴 속에 든 이야기를 허심탄회하게 나눈 지 얼마 되지 않았을 때의 일이다. 사실 열다섯에 서로 처음 만나 열일곱에 편지를 나누었지만, 엄마와 아빠가 서로의 얼굴을 대하고 이야기를 나눈 것은 훨씬 뒤의 일이다.

엄마가 평양에서 여학교를 졸업하고 서울에서 일 년을 보냈을 때, 아빠는 도쿄로 건너가고자 했다. 그때가 열아홉 살 되던 해 봄이었다. 그제야 엄마와 아빠는 서로 얼굴을 마주 보고 제대로 된 이야기를 처음 나누었다.

한없이 건방졌던 중학교 졸업생과 불길 같은 자존심을 지녔던 이 시대의 젊은 여학생은 불과 한 시간이라는 짧은 시간 안에 서로의 생각이 일치한다는 사실을 발견할 수 있었다. 수많은 애매(曖昧)와 회의(懷疑) 속에서 그리고 자존심과 자존심의 격렬한 충돌 속에서 우리에게 길을 보여주고 심장을 논하게 한 것은 오직 그것 때문이었다.

그 결과, 우리는 점점 더 많은 이야기를 나누게 되었다.

그리고 며칠 후—그러나 실로 우리의 오랜 모색에 비하면 얼마 되지 않는 짧은 시일이 흐른 뒤였다. 우리의 앞길에는 우리의 힘으로는 도저히 움직일 수 없는 커다란 바위가 가로막고 있었다.

아직 어린 나의 딸들이여!

너희들이 이 글을 보고 있을 그 시대의 사회적 환경에서는 당시 엄마 아빠가 당하고 있던 장애물과 그것을 격퇴하기 위해서 얼마나 큰 힘이 필요했는지에 대해서 이해하기가 쉽지 않을 것이다. 그도 그럴 것이 그 당시 엄마와 아빠 역시 도저히 이해할 수 없었기 때문이다. 생각해보면 매우 불합리한 것이었다.

커다란 바위란 엄마와 아빠가 성(姓)과 본(本, 본적)이 같다는 것이었다.—우리나라에서는 동성동본 사이의 결혼을 금지하고 있다—이에 방학 때 고향에 돌아간 엄마는 감금의 위협을 받기도 했다. 그 후 엄마는 칼날 같은 냉정한 이성을 통해 아빠에게 절교를 선언하였다.

나의 사랑스러운 딸들이여!

아빠에게 절교를 선언하던 엄마의 가슴도 매우 아팠겠지만, 그 선언을 받아들여야 하는 아빠의 마음도 보통 심란한 것이 아니었다. 나는 한없이 격분하였다. 이에 아빠는 엄마에게 편지를 수차례 보냈다. 그때 아빠가 엄마에게 보낸 편지가 남아 있지는 않지만(생각건대, 당시 내가 너희 엄마에게 보낸 모든 편지가 아직 남아 있음에도 불구하고, 이 시기의 것만은 찾을 수 없는 이유는 아마도 그 편지를 부모가 보는 앞에서 모두 찢어버렸던지 혹은 편지가 주는 너무도 심한 고통 때문에 그것을 없애버린 것으로 보인다) 그 내용은 지극히 격렬하였다. 사실 그때 나는 가장 참기 힘든 모욕을 당한 것으로 생각할 수밖에 없었다.

'역사의 수레바퀴를 뒤로 돌리는 가장 반동적인 봉건적 잔재의 최후 발악에 머리를 수그리고 굴복하는 것'이라고 나는 그 편지에 썼었다. 그리고 너희 엄마에게 '여태껏 가지고 있던 소부르주아적 근성을 그대로 발로한 일화견주의(日和見主義, 기회주의)—너희들이 살고 있을 새로운 시대에도 내가 가장 큰 영예를 느끼면서 사용한 이 문구는 없어지지 않을 것이다—에 사로잡힌 가장 악한 동물'이라고 하였다.

이렇게 펜으로 쓸 수 있는 갖은 욕설을 나열해 보낸 후 나는 가슴이 좀 시원해지는 것을 느꼈다. 동시에 어떻게 할 수 없는 마음의 공허와 걷잡을 수 없는 적막을 느꼈다.

나는 아름답게 흐르는 고향의 강물을 멍하니 바라보며 절교해야 할 이론적인 근거를 긁어모았다. 그리고 솜같이 피어오르는 적막한 정서를 압박하면서 한나절을 보냈다.

사실 의학적인 지식으로 보건대, 혈통 결혼이 좋지 않은 것은 분명하다. 하지만 성과 본이 같다는 것이(수효가 적은 성과 달리 우리의 성은 가장 흔히 볼 수 있었다) 어떻다는 것인가. 당연히 타파해야 할 봉건적인 잔재가 아니겠는가.

비상한 이해의 힘을 가져야 할 나의 사랑스러운 딸들이여!

하지만 우리는 우리의 원망을 결코 다른 사람들 탓으로 돌려서는 안 된다. 너희 외할아버지와 외할머니, 그리고 친조부모에 그 원한을 돌려 보내서는 안 되는 것이다.

너희들이 이 이야기를 완전히 이해하기 위해서는 단순한 법률적 해석이나 풍속, 관습에 대한 연구만으로는 부족하다. 오직 과학적이고 정치적인 시각에 따라야만 이해가 가능하기 때문이다. 그래야만 이 사건의 책임을 정당하게 돌려보낼 수 있다.

어쨌든 이를 통해 엄마와 아빠가 완전히 절교하였다면 모든 것이 더욱 더 간단하게 되었을지도 모른다. 너희들도 아마 세상에 나오지 않았을 것이고, 엄마 역시 이른 나이에 죽지 않았을 것이다. 그러나 지금 너희들에게 이런 공허한 소리를 한들 무슨 소용이 있으랴.

엄마와 아빠의 절교는 일 년밖에 더 지속하지 않았다! 그러나 그 일 년은 우리에게 정서의 힘을 이지(理智)나 자존심 혹은 이성의 힘으로 억제하는 것이 얼마나 힘든지 충분히 알게 해주었다.

일 년 동안 엄마는 수없이 울었을 것이다. 또 쓸쓸해 한 적도 많았을 것이다. 하루 스물네 시간의 대부분을 냉정한 생각으로 보내기도 하였으리라. 아빠를 의심하기도 하고, 미워하기도 하고, 욕하기도 하고, 원망도 했으리라. 그러나 엄마의 심장은 실로 뜨거웠다. 이에 정당한 것과 정당하지 못한 것을 명확하게 분별할 수 있었다.

큰아이가 생긴 것도 이때였다. 이에 우리는 열 달 후 싫든 좋든 엄마 아빠가 되지 않으면 안 되었다. 새로운 생명의 불행은 이때부터 시작된 것이다.

우리는 그때 고작 스물한 살에 불과했다. ― 엄마와 나는 암담하기 짝이 없었다― 우리 두 사람의 생활조차 해결할 능력이 없는데 아이까지 태어나면 이를 어떻게 해결한단 말인가. 더욱이 아이가 있으면 모든 일에 지장이 생길 것은 당연한 일이었다.

이렇듯 몹쓸 아빠를 한없이 원망할 나의 사랑스러운 딸들이여!

다행스러운 건 생명을 저주할 권리는 우리 인간에게 부여되지 않았다는 것이다.

너희들은 엄마와 아빠를 무책임한 철부지라고 원망할지도 모른다. 나는 그 원망을 달게 받을 것이다. 우리로 인해 너희들이 뱃속에서부터 적지 않은 고통을 받았기 때문이다. 심지어 모든 것이 뜻대로 안 되자 배속에 있는 너희들을 꾸짖은 적도 있다.

그러나 너희 엄마는 확실히 달랐다. 친정과의 최후의 결렬을 '반역의 여행(엄마는 친정과 충돌하고 고향으로부터 서울을 향해 올라가던 여행을 이렇게 불렀다. 그러나 이는 엄마와 아빠가 함께 한 최초의 여행이자 마지막 여행이 되고 말았다)'이라 명명한 엄마는 서울에 머물기로 하고, 그해 오월이 되기 전에 동대문 밖에 방을 얻은 후 비로소 아빠와 동거를 시작하게 되었다. 그러는 동안 큰 아이는 엄마의 뱃속에서 점점 커 갔다.

하지만 우리의 생활은 구차하기 그지없었다. 이에 둘이서 함께 산책조차 해본 일이 없다. 그러나 이때야말로 길지 않은 엄마의 삶에서 가장 아름다운 시절이었음이 틀림없다.

아, 나의 사랑스러운 딸들이여!

그러나 엄마와 아빠에게는 가정의 단란을 맛보는 것이 허락되지 않은 듯하다. 그렇게 시작된 생활이 채 몇 달도 못 가 단절되고 말았기 때문이다. 그때가 8월 12일이었다.

그해 시월(十月), 장차 몇 달 몇 해라고 한정할 수 없는 장구한 시일동안 아빠는 사랑하는 사람과 사바세계로부터 떨어져 서대문 밖에서 지내야 했다. 피의자로부터 피고가 되어 재판에 넘겨졌기 때문이다.

이때 있었던 모든 일에 대한 기록을 나는 생략하고 싶다. 나 없이 혼자 남은 엄마에 대해서도 여기서는 오직 너희들의 비상한 상상력에 맡기기로 한다. 다만, 생활비 들어올 곳이 막막했다는 것, 그리고 나이(엄마는 약제사였는데 나이가 어려서 면허증이 아직 나오지 않았다) 때문에 엄마가 아직 취직할 수 없었다는 것, 두 달 후면 큰 아이가 세상 밖으로 나온다는 것, 나아가 친정에도 시가에도 갈 형편이 안 된다는 것—이것만 간단히 추려서 생각해본다고 해도 그때 엄마의 상황이 어땠는지는 능히 짐작할 수 있으리라.

아, 나의 귀엽고 소중한 딸들이여!

오랜 시일동안 감옥 안에 있으면서도 나는 눈물을 흘려본 적이 단 한 번도 없다. 만일 내가 그때 한숨과 눈물을 참으면서 아빠를 격려하던 엄마를 생각하며 눈물을 참지 못했다면, 너희들은 나의 사내답지 않음을 비웃을 것이다.

오, 귀여운 나의 어린 딸들이여!

엄마는 결국 혼자서 아이를 낳았다. 12월 21일! 이날 큰 아이가 비로소 첫울음을 터트린 것이다. 엄마가 내게 보낸 편지와 그때 엄마가 쓴 수기를 보면 그날 오후에 외할머니가 시골에서 올라오셨음을 알 수 있을 것이다.

내가 큰 아이의 출생을 안 것은 다음 해 정월이었다. 한 달 후에야 비로소 큰 아이가 우리와 함께 거친 인생의 길을 걸으려고 세상에 나왔다는 사실을 알게 된 것이다.

나는 편지를 받아들고 우선 안심했다. 사실 그때까지도 나는 대체 어찌 되었나 싶어 궁금하기 짝이 없었다.

"나와 어린아이는 모두 건강합니다. 아이는 당신을 똑 닮았소."

나를 똑 닮았다는 엄마의 글이 하도 우스워서 혼자 빙그레 웃었다. 이 웃음이 아마 새 생명을 향한 첫 웃음이었을 것이다.

아, 나의 사랑스러운 어린 딸들이여!

사실 큰 아이를 등에 업은 때부터 너희 엄마는 살아야 한다는 불길 같은 열정과 옥중에 있는 남편을 뒷바라지하기 위해 몸이 부서지도록 일하지 않으면 안 되었다. 생각건대, 가장 진실한 열정의 화신(化身)이었다고 해도 과언이 아닐 것이다.

나는 너희 엄마가 이때 얼마나 고통스러웠는지, 등에 업은 어린 것과 감옥에 있는 남편을 위해 얼마나 위대한 사랑을 가지고 행동을 하였는지 필설로 다 형용할 수 없다. 나아가 너희 엄마가 얼마나 굴할 줄 모르는 위대한 생활의 용사였는지에 대해 조금도 과장하고 싶지 않다. 그러나 내가 아무리 있는 그대로의 너희 엄마의 생활을 묘사한다고 해도 너희들은 내게 객관적이고 정당한 평가를 할 수 없다고 할 수도 있다. 이러한 모든 불순한 생각으로부터 지금은 없는 너희들의 엄마 그리고 나의 단 하나뿐인 아내의 위대했던 생활의 기록을 지키기 위해 나는 그것에 관한 일체의 서술을 강경한 이지(理智)의 소유자가 되어야 할 나의 어린 두 딸, 너희들의 조금도 편벽(偏僻, 생각 따위가 한쪽으로만 치우쳐 있음) 없는 상상력에 맡길 것이다.

큰아이를 처음 보던 때의 일을 잊을 수 없다. 가을이 짙어가던 어느 날 정오였다. 엄중한 감시에도 불구하고, 미결감(未決監, 미결수를 가두어 두는 감방) 감방은 점심 먹은 그릇을 치우느라 벌집을 쑤신 듯이 웅성거렸다.

나 역시 아홉 구(九)자가 박힌 주먹만 한 밥 덩어리에 부추김치를 놓아서 뱃속에 쓸어 넣고 나서 한 잔씩 돌아가는 더운물로 목을 축이고 마루 판장을 쓰는 동료의 꽁무니에 손수건을 찌르느라 날카로운 신경을 집중하고 있었다. 나는 간수의 눈과 마루 판장을 쓰는 동료의 눈초리를 피하면서 알지 못하게 손수건을 찌르느라 온갖 야릇한 자태를 다―부리고 있었다. 바로 그때 내가 있는 감방의 번호와 나의 호수를 부르는 간수의 소리가 들려왔다. 그러자 나를 멍—하니 바라보면서 벙긋벙긋 웃고 있던 동료 하나가 나를 찌르며 웃었다. 그 바람에 나는 하마터면 방을 청소하고 있던 동료의 등에 엎어질 뻔했다.

나를 부르는 간수는 면회담당이었다.

"부인 손목이라도 한 번 쥐어보고 오~우."

이런 농담이 끝나기도 전에 나는 방을 뛰어나가 복도로 가서 앞에 놓인 삿갓을 썼다. 가슴이 두근두근했다. 그러나 나는 늘 맑은 태양을 쪼이며 복도를 걸어나갈 때처럼 마음속으로 중등학교 시절 외었던 시 한 구를 웅얼거렸다.

'이 땅이 아직도 아름답구나. 사람된 것 또한 둘 없는 기쁨이로세.'

나는 뜰을 건너 면회하는 방으로 들어갔다. 어두컴컴한 비둘기장 같은 네모난 방에서 어서 눈앞에 내려온 창문이 올라가기를 기다렸다. 그러더니 한참 후 대기실에서 너희 엄마를 부르는 소리가 났다. 나는 귀를 기울였다. 엄마의 대답 소리가 들리고 나서 한참 동안 간수와 대화를 나누는 소리가 들렸다. 엄마의 말소리는 똑똑히 들리지 않았으나 간수의 목소리는 하나도 빠짐없이 들을 수 있었다.

"글쎄, 예심판사는 인정상 그렇게 말했는지 알 수 없지만 법에 따라서 행동하는 우리는 14세 이하의 아동에게는 면회를 허가할 수 없습니다."

이에 엄마의 목소리가 한동안 잠잠해지더니, 이내 다시 목소리를 더 높여서 말하기 시작했다.

"글쎄, 이 갓난아이가 함께 들어간들 무슨 이야기를 할 것입니까? 면회랄 것도 없지 않아요? 그러니 잠깐만 비공식적으로…… 애가 이렇게 크도록 제 아빠를 보지도 못했단 말이에요."

그러나 간수는 여전히 강경했다.

"한 사람을 허락해주면 누구는 해주고, 누구는 안 해준다는 말이 나와요. 그러면 결국 규칙이 무너지고 말아요."

엄마는 더는 말하지 않았다. 그리고 안고 있던 아이를 누군가에게 맡기는 소리가 간간이 들리더니 사람들 틈에 끼어 면회하는 방으로 들어왔다.

면회는 매우 간단하게 끝났다. 면회를 자주 할 수 있었기 때문에 그리 긴 시간이 필요하지 않았다. 그러나 간수는 다른 사람들을 다—끝낸 후 맨 마지막으로 우리 방의 문을 닫았다.

"만일 그렇게 아이를 보여주고 싶거든 나가서 사람들이 다—가는 걸 기다리세요."

비공식적으로 아이와의 만남을 허락한 것이다.

그러자 엄마가 함박웃음을 지으며 연신 '고맙습니다'라고 하더구나.

내 가슴도 뛰었다. 벌써 열 달이 되었으니 아이가 얼마나 컸을까? 튼튼하게 생겼는가? 나를 똑 닮았다더니 그것이 사실인가? 혹 '아빠!' 하고 나에게 안기려고 하다가 교도관에게 제지나 받지 않을까?—짧은 시간 동안 내 머릿속은 온갖 생각으로 꽉 찼다.

잠시 후 창문이 다시 올라갔다. 그리고 그 앞에 엄마 품에 안긴 아이가 나를 방긋 쳐다보고 있었다.

　나는 아무 말도 없이 껑충껑충 뛰어오르는 아이의 재롱을 멍하니 바라보았다.

　"네 아버지다. 안녕하세요—하고 악수해라!"

　엄마는 아이의 손을 잡아서 내게 내밀었다. 나는 얼떨결에 그 손을 잡으려고 했다가 감옥의 규칙이 생각나 그대로 묵묵히 서 있었다. 그리고 한참 동안 아이의 재롱을 물끄러미 바라보았다.

　"됐다, 이젠 가렴! 엄마 너무 힘들게 하면 안 된다!"

　나는 아이에게 말하듯이 훈계를 했다. 그 순간, 나는 '내가 아빠가 되었다'는 사실을 처음으로 알게 되었다. 그러자 갑자기 몹시 늙은 것 같다는 생각이 들었다. 하지만 이내 어린 딸에게 처음 한 말이 하도 부자연스러워서 고소(苦笑, 쓴웃음)를 금치 못하였다. 이에 속으로 이렇게 중얼거렸다.

　'아가, 어서 커라! 어서 커라!'

　나의 사랑스러운 딸들이여!

　이제 작은 아이가 이 세상에 나올 때의 이야기를 해야 할 순서에 도달했다.

　작은 아이가 생긴 것은 아빠가 보석(保釋, 피고인을 구류에서 풀어주는 것)을 받아 세상에 나온 지 일 년이 훨씬 지난 올해 1월 초 여드렛날이었다.

　내가 보석이 되어서 나온 것은 큰 아이의 첫 돌을 이틀 앞둔 12월 19일로 부슬비가 내리던 초겨울 밤이었다. 그때 너희 엄마는 어떤 약국에서 일을 보고 있었다. 남편과 아이와 생활을 위한 불같은 열성에 엄마와 반목했던 사람들이 다시 그 주위에 돌아오고 있던 때이기도 했다. 그래서 큰아이의 첫 돌 잡는 것을 볼 겸 사위의 보석 출옥을 맞으려고 상경하셨던 너희 외할머니가 비를 맞으며 엄마와 많은 친구와 함께 감옥 문을 나서는 나를 맞아주었다.

작은아이의 출산은 갑작스러웠다.

엄마의 앓는 소리는 먼—곳에서 들렸다가 끊어진 후 다시 들려오곤 했다. 그것이 갑자기 귀밑에서 '아이고 배야—'하고 외치는 소리로 들렸을 때 나는 비로소 잠에서 깨어 벌떡 일어나 앉았다.

나는 진통을 참느라고 배를 쥔 채 몸을 떨고 있는 엄마를 보며 전신에 소름이 끼치듯이 정신이 번쩍 들었다.

"몇 시간이나 됐어?"

"네 시부터—"

엄마는 겨우 대답을 하고 다시 아픔이 몰려오는지 "아이고—"를 연발했다.

시계를 보았다. 여섯 시였다. 두 시간 동안 옆에서 앓는 것도 모른 채 잤던 것이다. 나는 될수록 침착해지려고 했다. 같이 있던 중년 부인이 부엌에 불을 때며 분주히 오갔다.

"이제 산파한테 갈까?"

나는 허리끈을 매고 외투를 입으면서 엄마를 향해 물었다. 목소리가 살짝 떨리고 있었다.

"아직 몇 시간이나 더 있어야 할 텐데—"

그리고는 다시 "아이고—"를 연발했다.

엄마는 큰 아이를 8, 9시간 진통 후에 낳았다고 했다. 그러니 내가 보기에는 진통이 잦은데도 불구하고, 본인은 너무 일찍 산파를 불러 폐를 끼칠 필요가 없다고 생각하는 모양이었다. 더욱이 아이를 내어주겠다고 한 산파는 엄마의 여학교 시절 동창으로 평소 가깝게 지내던 사이었다. 이에 보수도 변변히 안 받으려고 하는 모양이었다. 그러니 너무 일찍 부르기가 더욱 미안했으리라.

나는 잠시 물끄러미 보고 서 있다가 진통이 몰려오는 시간이 점점 잦아지는 것을 보고는 그대로 있을 수 없었다. 아무것도 모르는 내 눈에도 시기가 급박했음을 느낄 수 있었기 때문이다.

나는 밖으로 뛰어나갔다. 밖은 훤—하니 날이 밝아서 거리의 전등이 오히려 빛을 잃고 있었다. 매서운 새벽바람이 거리를 스치며 얼굴에 와서 부딪혔다. 나는 호주머니에서 마스크를 꺼내어 입을 막고 산파의 집을 향해 달음질을 쳤다. 흙먼지 섞인 바람이 다리며, 외투, 얼굴 할 것 없이 와서 부딪쳤다. 그로 인해 몇 번이나 걸음을 늦춰야 했다. 네거리에서 왼편으로 꺾어 돌아 돌상 앞을 향해 나는 아직도 달리고 있었다. 몸이 후끈후끈한 것이 땀이 쭉—나와서 셔츠는 이미 푹 젖어 있었다. 마스크 속에 넣은 가—제 역시 물에 적신 듯했고, 두 눈에는 어느덧 서리가 맺혀 있었다.

산파의 집이 가까워지자 나는 숨을 태우기 위해 달리기를 멈췄다. 그러나 뛰는 데 열중하느라고 잊어버렸던 아내의 진통하는 모습이 다시 머리를 스치자 두 다리의 근육이 다시 벌떡 일어났다. 이에 다시 줄달음질을 쳤다.

이윽고 산파의 집 대문을 두드릴 때는 이미 온몸이 땀에 젖어 있었다. 더욱이 목소리조차 나오지 않을 정도로 숨이 하늘에 닿아 있었다.

"누구세요?"

"서문 거리에서 왔는데, 아내가 곧 아이를 낳을 것 같아요!"

동리를 뒤집을 듯한 큰 소리를 자아내어 몽둥이 같은 말을 대문 틈으로 내던졌다. 그러자 한참 후 대문이 열리고 잠옷 위에 망토를 걸친 산파가 나왔다.

"아픈지 몇 시간이나 됐어요?"

"글쎄, 네 시부터 진통이 시작되었다고 하니, 한두 시간 된 것 같아요."

"그럼 아직 좀 더 있어야 할 것 같네요."

"제가 보기에는 급한 것 같던데……"

"그럼 곧 갈 테니, 먼저 가세요."

나는 뛰어온 길을 다시 돌아갔다. 올 때처럼 뛰지는 않았지만 발은 빨리 옮겨놓았다. 산모의 괴로워하던 모양이 몇 번씩이나 눈앞에 나타났다. 순산이나 하려나? 오늘 종일 앓기나 하면 어쩌나? 이번에도 또 딸을 낳으려나? 혹은 번갈아 아들을 낳으려나? 이제 나도 두 아이의 아빠가 되는구나. ─나는 순서 없는 생각에 잠겨 아침거리를 걷고 있었다. 머릿속은 공상에 빠져 있었다. 그러나 다리는 처음의 속도로 조금도 느리지 않고 집으로 걸어갔다. 눈앞에 집을 보고 나서야 비로소 정신이 돌아왔다. 그리고 괴로워하던 산모의 얼굴을 생각하면서 집으로 뛰어들어갔다.

"어떻게 되었어요?"

"벌써 낳았어요."

나는 가슴이 뭉클해졌다.

"뭐, 벌써 낳았어요?"

"네, 그런데 태를 못 낳았어요. 그러니 어서 산파를 오라고 하세요."

나는 아무 생각도 들지 않았다. 산파가 오려면 아직도 한 시간은 더 기다려야 할 것이다. 그렇다면 다시 거기까지 다녀와야 할까. 긴장되는지 온몸의 신경이 곤두섰다.

산파를 앞세우고 와서 방 안에 들여보낸 후 문밖에서 기다리고 있는 순간은 공포가 온몸을 감싸고 돌았다.

"이제 괜찮으니 안심하세요."

산파의 말이 떨어진 다음에야 굳었던 몸이 다소 풀리는 듯했다.

손수건으로 얼굴 가득 번진 땀과 눈에 어린 서리를 씻고 외투를 벗어서 의자 위에 걸쳐 놓았다. 긴—숨이 후—하고 목구멍으로 나왔다. 가만히 방 안의 동태를 살피노라니, 갑자기 아이가 아들인지, 딸인지 궁금했다. 그러나 아픈 산모를 두고 그런 것을 먼저 묻는 것은 도리가 아닐 것 같아서 몇 번이나 주저해야 했다.

그러다가 웃는 말 비슷하게,

"뭘 낳았소?"

하고 물으며 웃음으로 흐리었다.

"예쁜 딸이에요."

대답한 이는 너희 엄마였다.

아, 나의 사랑스러운 딸들이여!

지금까지 나는 빈약하고 치열한 표현으로나마 너희들이 이 세상에
나오던 때의 이야기를 엄마를 대신해서 여기에 기록하였다. 만일 엄마
가 죽지 않았다면 엄마의 입을 통해서 훨씬 더 재미있게 들을 수 있었을
텐데…….

그러나 나의 불행한 어린 것들이여!

만일 내가 이것을 기록으로 남겨두지 않으면 누가 있어 그 이야기를
너희들에게 해줄 것이냐. 생각건대, 누구를 통해서도 그 얘기를 들을 수
없어 쓸쓸한 고독 속에 너희들은 남아 있으리라. 이에 나는 반드시 기록
하여야 할 나머지 한 구절에 대해서도 피할 수 없는 무거운 책임을 느낀
다. 그것은 둘째 아이가 태어난 지 불과 아흐레 뒤의 일이다.

아, 나의 사랑스러운 딸들이여!

엄마의 죽음에 너희들은 나를 한없이 원망할 수도 있다. 하지만 두 가
지 사실만 기억해줬으면 한다. 엄마의 죽음을 기록하는 것은 내게 있어
그 일을 두 번 당하는 이상의 막심한 고통을 수반한다는 것과 도저히 그
것을 냉정하게 기록할 수 없다는 것이다. 그 일을 겪은 지 얼마 되지 않

은 까닭에 그 일이 아직도 눈에 선하기 때문이다.

고통을 다시 맛보는 것—나는 이것을 결코 회피하려고 하는 것은 아니다. 그 날 새벽의 정경(情景, 사람이 처해 있는 형편)이 눈앞에 떠오를 때면 나는 정신을 잃을 만큼 심장이 요동치는 것을 느낀다. 벌써 몇십 번이나 그것을 경험했다. 이 글을 쓰면서도 그것이 주는 극심한 고통으로 인해 몇 번씩이나 펜을 놓아야 했다. 그러니 엄마의 심장이 영원히 멈춰버린 날 아침에 대한 기록을 다시금 꺼내는 것은 내게 더는 이 글을 쓰지 말라고 하는 것과도 같다.

그렇다. 그것은 내게 있어 매우 힘든 일이다. 비록 너희들로부터 원망의 소리를 듣게 되더라도 지금은 그것을 피하고 싶다. 하지만 언젠가 내 머리가 다시 건전해지고, 기억력이 다시금 전과 같이 회복되면 너희들에게 그때의 기억을 반드시 전할 것이다.

중요한 것은 엄마의 죽음을 눈앞에서 지켜보면서도 아빠는 아무것도 할 수 없었다는 것이다. 그때처럼 내가 무능력함을 절실하게 깨달았던 때도 없다.

엄마가 죽기 한 시간 전까지만 해도 나는 엄마가 충분히 다시 일어설 것이라고 믿었다. 엄마는 강한 사람이었으니까. 그 때문에 오늘의 이런 불행이 우리에게 오리라고는 꿈에도 생각하지 못했다.

나는 그 후 내가 얼마나 어리석고 미련한지 비로소 알게 되었다. 이에 나 자신을 스스로 비웃었다. 너희들에게서 엄마라는 존재를 지워버린 일, 엄마를 사랑하는 사람들로부터 그 존재를 없애버린 일, 그 모든 원인은 바로 나다. 이에 너희들과 그 사람들을 대할 때마다 가슴 찢어지는 고통을 맛보곤 한다. 특히 엄마 얼굴조차 모르는 작은 아이의 얼굴은 차마 쳐다볼 수조차 없다. 심지어 그 아이는 엄마 품에도 안겨보지 못했다.

엄마의 죽음을 앞두고 작은 아이는 친척 집으로 거처를 옮겼다. 그 결과, 엄마와 영원히 이별하고 말았다. 엄마의 부음을 듣고 큰 아이와 함께 올라오신 너희 외할머니가 엄마의 죽은 얼굴이나마 작은 아이에게 보여주기를 원했지만 나는 그것을 강경하게 반대했다.

물론 아이가 엄마의 얼굴을 본다고 해서 그것이 누구인지 또한 살았는지 죽었는지 알 수는 없을 것이다. 하지만 그때 아빠의 마음으로서는 모녀를 그렇게 만나게 하고 싶지 않았다. 더욱이 아무것도 모르는 아이에게 엄마의 처참한 얼굴과 죽음을 알리고 싶지 않았다. 아무것도 알지 못하는 때의 일이라도 강렬한 인상을 받았던 일은 죽는 날까지 뚜렷하게 기억될 수 있기 때문이다. 엄마의 주검이 강렬하게 남아 생장하는 너희들을 괴롭힐 것을 나는 두려워하였다. 그런 잔약한 마음으로 나는 너희들에게 엄마를 영원히 가리고 만 것이다.

그렇게 해서 엄마는 세상을 떠난 지 사흘 만에 차가운 땅속에 묻히고 말았다. 수많은 유신론자의 무덤 행렬 속에 철저했던 유물론자의 무덤은 참렬(慘烈, 차마 볼 수 없을 만큼 비참하고 끔찍한)함 그 자체였다.

엄마는 지금 기차의 기적 소리를 들으며, 멀리 용악산(龍岳山) 아래서 불어오는 찬바람이 솔잎 속을 지나가는 와―와― 소리에 안겨 꽁꽁 언 땅속에 홀로 누워있을 것이다.

외할머니는 큰 아이를 데리고 그날로 돌아가셨다. 작은 아이는 아빠의 고향으로 보내기로 결정되어 엄마의 장례식을 치른 다음 날 아침 솜옷에 파묻혀서 자동차를 탔다. 그날은 평양에서도 드물게 보는 찬바람이 하늘을 울리는 날이었다. 불과 두세 시간의 여행이었지만 핏덩어리 같은 어린 것이 젖 한 모금 먹지 못한 채 추운 차 안에서 시달릴 것을 생각하니 내 마음은 한없이 서글퍼졌다.

그동안 나는 모든 것을 정리하느라 일주일 동안 평양에 남았고, 고향으로 돌아왔을 때 아이는 십 년 동안 병중에서 신음하던 친할머니의 품에 안겨서 새근새근 잠들어 있었다. 입에는 엄마의 젖이 아닌 고무 젖꼭지를 꼭 문 채.

아, 생각할수록 가엾은 어린 딸이여! 너는 그 둘 중 그 무엇도 갖지 못했구나!

윗방에서 책을 읽다가 혹은 무엇을 생각하다가 갑자기 네가 우는 소리를 듣고 나도 모르게 벌떡 일어난 적이 한두 번이 아니다. 그러나 미닫이를 열려고 내밀었던 손이 갑자기 힘을 잃고 두 발이 장판 위에서 못으로 박기나 한 듯 꿈쩍도 하지 않을 때, 이 아빠의 가슴은 예리한 칼로 에워내기라도 한 듯 아프기 그지없었다.

아, 무엇이 어린 너를 그토록 울게 하였느냐? 무엇이 어린 너로부터 엄마의 젖을 빼앗고 품을 빼앗아 갔느냐?

어떤 때는 네가 누워있는 아랫목에 가서 물끄러미 네 얼굴을 들여다보기도 했다. 그때마다 너는 무엇을 찾는 듯이 동그란 두 눈을 이리저리 굴리며 없는 무엇을 구하기라도 하듯 혀끝을 내어 두르곤 했다. 그러면 나는 고무 젖꼭지를 물에 씻어 다시 너의 입에 물리곤 했다. 그러면 너는 그것이 마치 엄마의 젖이라도 되는 듯 쪽쪽 소리를 내며 빨았다. 이를 지켜보는 내 가슴에는 눈물이 어리었고, 더는 지켜볼 수 없음에 자리를 피하고 말았다. 이에 쓰린 가슴을 안고 윗방으로 올라온 나는 치밀어 오르는 눈물을 머금고 창문을 멀거니 바라보곤 했다. 나는 어리석은 줄 알면서도,

"인생은 너무도 적막하구나."

라며 새삼스러운 느낌을 느끼는 것이었다.

고향에서 일주일을 지낸 후 나는 큰 아이를 볼 겸 또 너희 외할머니와 외할아버지를 위로도 할 겸 해서 외가를 찾았다. 큰 아이는 외할머니의 등에 업혀 나를 맞아주었다.

"네 아버지다! 인사해라, 응?"

외할머니는 슬픔을 억제하면서 네 얼굴을 나를 향해 돌렸다. 그러자 큰 아이는 낯은 익는데 도무지 누군지 모르겠다는 표정으로 한참 동안 나를 쳐다보더니, 아무 말도 없이 외할머니가 시키는 대로 고개만 끄덕였다.

나는 무슨 말을 할 수가 없어 네 옆을 지나 그대로 집 안으로 들어가고 말았다.

날씨가 따뜻한 날이면 너는 마루에 나가 뱅글뱅글 돌면서 혼자서 노래를 곧잘 부르곤 했다. 겨우 쉬운 말이나 할 줄 알기에 가사는 물론 곡

조 역시 제 마음대로였다. 다리 부러진 인형을 등에 업고는 착착 두들기면서 자장자장 할 때도 있었다. 그럴 때 누가 방해라도 하면 너는 눈살을 찌푸리며 달려들었다.

유리창 밖으로 네가 노는 모습을 물끄러미 바라보고 있으면 네 외할머니는 이렇게 말씀하시곤 했다.

"재는 아마 음악가가 되려는 게야."

그래서일까. 너는 라디오 같은 데서 음악 소리가 나오면 그 밑에 가서 귀를 기울이곤 했다. 또 경쾌한 재즈곡을 들을 때면 두 어깨를 들썩거리며 춤을 추다가, 우리가 보면 웃으면서 뛰어와 안기곤 했다.

나는 네 머리를 안고서,

"음악 좋아하니?"라고 물었다. 하지만 넌 '음악'이 무엇인지도 모르는 눈치였다. 이에 "웅? 웅?"하고 두어 번 묻는 바람에 오히려 내가 쩔쩔매야 했다.

"네 엄마는 수학을 못할까 봐 늘 걱정했다."

나는 너를 무릎 위에 앉히고 머리카락을 만져주며 말했다.

"재가 수학을 왜 못해?"

외할머니가 그 말에 반문하듯 물으셨다.

"엄마 아빠가 모두—수학을 안 했답니다."

"아, 그래서 따님도 예술에 취미를 갖는 모양이군."

하곤 우리를 웃기셨다.

가끔 너는 아침에 일찍 일어나서 내 방문을 가만히 열곤 나를 살며시 올려다보곤 했다. 그럴 때마다 나는 이리 오라며 네게 손짓을 했지. 그러면 너는 문을 닫고 가버리거나 살금살금 걸어와 내 머리맡에 앉았지. 이에 내가 이불을 들치고 안으로 들어오라고 하면, 너는 머리를 살랑살랑 흔들면서,

"싫어—"라고 말했다.

그리고는 머리맡에 있는 책을 뒤적거리다 뭐라도 아는 것처럼 병아리 같은 목소리로 책을 읽거나 책 사이에 끼어 있는 엄마의 사진을 물끄러미 바라보았다. 그럴 때마다 내 마음은 한없이 슬퍼졌다. 조그만 아이가 아무 말도 없이 주둥이를 쑥 내민 채 죽은 엄마의 사진을 보고 있는 모습을 보며, 슬퍼하지 않을 사람이 누가 있겠느냐. 어느 누가 눈물을 흘리지 않으리. 이에 나는 마치 네가 못 볼 것이라도 본 것처럼 네 손에서 엄마의 사진을 얼른 빼앗곤 했다. 그러면 너는 울지도, 웃지도 않은 채 표정 하나 깨뜨리지 않고 뭐라도 생각하는 듯이 한쪽 벽을 보고 그대로 앉아 있곤 했다.

오! 적막하고 가엾은 나의 어린 딸이여!

차라리 그 표정 대신 뜨거운 눈물을 보이려무나.

불행한 나의 어린 딸들아!

적막하고 가엾은 나의 어린 딸들아!

너희들이 기뻐서 웃을 때도, 기분이 좋아서 재롱을 피울 때도, 또한 슬퍼서 울 때도, 쓸쓸해 할 때도 이 아빠의 마음은 쓰라리기 그지없다. 마치 칼로 가슴을 베어낸 듯 내 마음은 아픈 것이다. 어느 누가 너희들에게

잃어버린 엄마를 돌려보내 줄 수 있을 것이냐? 어느 누가 이 불행과 적막으로부터 너희들을 구해줄 것이냐? 외할머니일 것이냐? 혹은 친할아버지일 것이냐? 혹은 이 글을 쓰고 있는 너희들의 단 하나뿐인 아빠인 나일 것이냐?

이 불행으로부터 너희들을 건져낼 수 있는 사람은 오직 너희 자신뿐이다.

인생의 적막은 반드시 죽음으로만 오는 것은 아니다. 죽음이 무엇보다도 큰 적막임은 틀림없다. 하지만 인생이라는 큰 적막에 비하면 극히 적은 것에 지나지 않는다. 이 사실을 비로소 알게 되었을 때 너희는 적막과 불행으로부터 빠져나올 수 있으리라. 그리고 지금 내가 하는 말의 뜻도 알게 될 것이다.

우리 앞에 닥쳐오는 적막을 회피해서는 안 된다. 그 술잔이 반드시 마셔야 할 술잔이라면 조금도 두려움 없이 그것을 마셔버려야 한다. 그리고 적막의 껍질이 아닌 그 진실한 속을 맛봐야 한다. 그래야만 더는 적막 속에서 헤매서는 안 된다는 사실을 깨닫게 될 것이다.

삶을 진실하게 바라봤을 때 인생의 길 역시 명확해진다. 그런 삶을 살아야 한다. 그러는 동안 죽은 엄마 역시 너희들 속에서 다시 깨어날 것이며, 그때쯤이면 죽었을지, 폐물이 되어 있을지 혹은 무용지물이 되어 있을지도 모를 나 역시 너희들 속에 훌륭하게 살아 있을 것이다.

아, 사랑하는 나의 딸들이여!

지금은 아무것도 알지 못하는 나의 어린 딸들이여!

아빠는 너희들을 너무도 사랑한다. 엄마 역시 너희들을 한없이 사랑했다. 하지만 우리들의 사랑은 너희들을 결코 우리 가정 안에다 잡아두는 편벽된 사랑은 아니었다.

우리들의 사랑에 대한 너희들의 보수는 장차 너희들이 살아갈 사회적 환경에 따라서 결정될 것이다. 따라서 무엇이 엄마 아빠에 대한 진실한 효도인지는 그때 가서 더욱 명백해질 것이다.

너희는 우리의 사랑에 결코 희생되어서는 안 된다. 이는 잘못된 것이기 때문이다. 하지만 나는 엄마의 나에 대한 사랑을 엄마의 희생으로 돌리고 말았다.

아, 이 일을 어떻게 할 것인가? 남녀의 동권을 이론적으로 주장하던 나는 완강한 마음을 버리지 못해 너희 엄마에게 난폭한 언행을 취하고 말았다. 그래서일까. 그 후 나는 한없이 적막했다. 그것조차 해결하지 못했던 내가 과연 무슨 큰일을 할 수 있겠느냐. 그러고 보면 나는 엄마가 내게 준 사랑과 힘을 전혀 이용하지 못할 만큼 어리석고 무능력한 인간이었다.

엄마의 죽음으로 인해 나는 다시금 막막한 인생의 광활한 무대 위에서 너희들의 손을 이끌고 나서지 않으면 안 된다. 그래, 너희들은 나와 함께 걸어나가야 한다. 용감하게 전진하자꾸나. 앞이 전혀 보이지 않을 때는 함께 길을 찾고, 너희들이 길을 헤맬 때는 내가 너희들을 팔을 잡아 이끌 테니, 조금도 머뭇거림 없이 용감하게 걸어나가자.

그러나 나의 불쌍하고 어린 딸들이여!

만일 이 무능력한 아빠가 너희들의 전진에 둘도 없는 장애가 된다면 과감하게 나의 손을 뿌리치고 달아나라. 그러다가 만일 내가 다시 기운을 내어 쫓아오거든 너희들의 대오 속에 나를 넣어주려무나. 하지만 나를 생각하는 마음에 결코 걸음을 멈추거나 뒤돌아봐서는 안 된다. 나는 장애물일 뿐이니, 나를 떨치고 과감하게 전진해야 한다.

성천(成川)에서 아빠가

-1934년 〈우리들〉
원제 : 어린 두 딸에게

그 뒤의 어린 두 딸

_김남천

잡지 〈우리들〉 종간호(終刊號, 신문이나 잡지 따위 정기 간행물의 맨 마지막 호로 '폐간호'라고도 한다)에 '어린 두 딸에게'라는 글을 쓴 지 벌써 일 년 반이 훨씬 넘었다.

아내가 어린 두 딸을 남겨두고 세상을 떠난 지 이럭저럭 이 년이 다 되어 간다.

소설 형식을 빌려 잡지에 엄마를 잃은 두 딸에 대한 이야기를 실었을 때 사람들은 여러 각도로 그것을 비판하였다.

어떤 비평가는 완전한 소설 월평가(月評家, 작문교사)의 입장에서 정론적 색채가 희박하고 예술적 향기가 농후해 가는 작가적 진보라고 비판하기도 했으며, 또 어떤 비평가는 지사연(志士然, 절의 있는)한 태도라며 이해하기 힘든 작품이라고 말하기도 했다.

욕설을 내뱉은 사람도 있었다. 지나치게 애상적(哀傷的, 슬퍼하고 가슴 아파함)이라는 것이다. 또 어떤 이는 나를 가리켜 체면도 아무것도 모르는 철딱서니 없는 애처가라 부르며 "아내를 잃더니 사람이 버렸다"고 말하기도 했다. 또 당시 만났던 친구들은 대부분 악수를 한 뒤 이렇게 묻곤 했다.

"아내의 묘참(墓參, 성묘)인가?"

심지어 "나도 그런 효자 하나 됐으면 한다"며 경멸스런 표정을 짓기도 했다.

이에 친구들이나 낯선 사람들로부터 편지를 받은 후 '어린 두 딸'에 대한 이야기가 나오면 이것이 또 나에 대한 야유 아닌가 싶어 그 문장의 표리(表裏, 겉과 속)를 샅샅이 살펴보곤 했다.

나는 항상 생각하였다.

'과연 사람의 생명이란 이렇게 하찮은 것인가?' 하고 말이다. 자신을 사랑하고, 자신을 위해 모든 희생을 감수한 한 사람이 영원히 사라졌음에도 그 슬픔이 몇 개월도 가지 못할 만큼 사람의 생명은 정말 하찮은 것일까?

고요한 하늘에 뜬 달을 보고도, 지나가는 안마사의 피리 소리만 들어도 가슴속에 애상(哀想, 슬픈 생각)을 간직하는 게 사람이다. 더불어 숨막힐 듯한 다방의 흐린 정조 가운데서도 속절없는 감상적 기분을 느끼곤 한다.

그렇다면 사랑하던 사람과 그의 생명은 안마사의 피리 소리나 매달 솟아오르는 십오야의 달, 카페와 다방의 흐린 공기보다도 하찮은 존재이며, 청년의 마음에 순간적인 애상과 추억을 가져와서는 안 되는 하루살이 목숨이란 말인가?

나를 비웃고 나의 소설을 욕한 사람 중에는 아직 아내를 가져보지 못한 열여덟 살짜리 소년도 있으며, 아내와 자식이 있는 서른 살 장년도 있다.

그들은 모두 행복한 가정의 향락자(享樂者, 쾌락을 누리는 사람)임에 틀림없다. 자고 일어나 면도를 하고, 세수한 뒤 달랑달랑 걸어와 안기는 자식의 볼에 입을 맞출 것이다. 하지만 단 한 번이라도 자신의 아이에게 어미가 없으며, 자신의 아내가 아이를 낳고 열흘도 못 되어 세상을 떠났다면 어떠했을까? 라는 생각을 해봤을까. 만일 한 번이라도 그런 생각을 해봤다면 아이의 재롱이 지금과 같은 즐거움을 주지는 못할 것이다.

보기에는 우스운 일도 당하고 나면 슬픔이 되는 것이다. 마찬가지로 흔하고 으레 있을 법한 일 역시 실제로 당하고 나면 우울하고 슬프기 그지없다.

하지만 내게 어미 없는 두 딸이 있다는 것이 다른 사람들에게 무슨 상관이랴. 어린 두 아이에게 어미가 없다는 것 역시 흔하고 으레 있는 일이 아니던가. 그러니 나와 어린 딸들의 슬픔을 모를 수밖에.

세상 사람들의 이 비웃음이 내겐 쓰라린 슬픔과 애상(哀想, 슬픈 생각)이 된 지 두 해가 되어 간다. 그러는 동안 두 아이는 점점 자랐다. 특히 세상에 나온 지 열흘도 안 되어 엄마의 품과 젖을 잃은 둘째 딸은 첫 돌 즈음, 내 책상에 기어 올라가 '아버지'를 찾으며 연필로 장난을 치기 시작했다. 그리고 내 턱수염을 만지더니 아프다고 눈을 찡그리면서 방싯 방싯 웃었다. 제 엄마가 세상을 떠날 때 엄마가 죽었는지 살았는지도 모른 채 남들이 우니까 자신도 두 눈 가득 눈물방울을 짓던 큰아이 역시 지금은 제 생각을 말로 표현할 줄 알며, 서울과 평양, 아버지와 할머니를 분간할 줄 알게 되었다. 그러나 아직 자신에게 엄마가 있었는지, 또 엄마가 무엇인지, 엄마라는 존재가 어떤 영향을 미치는지에 대해서는 잘 알지 못한다. 이것이 아이들과 우리를 알고 있는 사람들의 마음을 더욱 아프고 슬프게 한다.

하지만 머잖아 아이들 역시 엄마와 아빠를 구별하고, 할머니와 외할머니의 차이를 알게 될 것이며, 자신을 낳은 것이 엄마이며, 사진 말고는 엄마를 볼 방법이 없다는 것을 알게 될 것이다.

사실 그것이 두렵기도 하다. 아! 과연 그때는 언제 올 것인가. 10년 후에 오기를, 20년 후에 오기를, 아니 영원히 오지 않기를 나는 바라고 있다. 하지만 그날은 반드시 오리라! 내년에 올지, 올해 올지 알 수 없는 두려운 그날!

갖가지 일을 대할 때마다 아이들의 얼굴에 적막이 떠돌고, 그 적막이 모든 사회적 불만의 원인으로 환원되고, 이 세상에 대한 불만, 이 시대에 대한 울분을 온전히 그 사실 위에다 덧씌우고 환원하려고 한다면 그때 아비가 된 나는 무슨 말로 아이들을 가르쳐야 할까?

말 못하던 아이가 말을 하게 되고, 솜뭉치 속에 누워 있던 핏덩어리가 달랑달랑 걸어 다니는 데 불과 일 년 반이란 시간밖에 걸리지 않았거늘,

이제는 완전히 흙으로 돌아갔을 엄마의 품을 찾는 날 역시 어찌 막연하게 10년 후, 20년 후라고만 생각할 것인가.

아이들 역시 곧 엄마의 죽음을 알게 되고 비통하게 생각하리라. 그러나 나는 지금 아무런 대책도 없이 두려움만을 느낀 채 심장을 두드리는 격동만을 안고 있을 뿐이다.

그러나 어떤 때는 그날이 하루빨리 오기만을 기다릴 때도 있다. 아이들이 모든 것을 알고, 모든 것을 이해하는 것이야말로 그것의 연장이라고 생각하기 때문이다. 그러므로 아이들이 엄마의 죽음을 비로소 알게 되고 그것에서 적막을 느끼게 되는 날은 줄곧 그 이해의 날과도 연결되리라.

제 머리만 한 큰 공을 굴리면서 달랑달랑 마당을 뛰어가는 작은 아이를 보며 어른들은 이제 다 컸다고 말을 하곤 한다.

제 엄마의 젖 한 모금 먹지 못한 채 독수리 표 '우유'와 '암죽(곡식이나 밤 등의 가루를 밥물에 타서 끓인 죽)'만으로 자라서 공을 따라 뜰을 뛰어다니게 될 줄 누가 상상이나 했으랴! 그러니 "이제 죽으면 엄마가 없어서 죽은 건 아니다"라는 말도 결코 헛된 말은 아니다.

그러나 뒤이은 말은 엄마를 대신해서 아이를 기른 할머니에 대한 감사의 말로 돌아간다.

"젖 없는 걸 집에서 키우느라 고생인들 오죽했겠소!"

사실 아이를 기른다는 것은 결코 쉬운 일이 아니다. 더구나 몸이 아파서 울 때 입에 물릴 젖조차 없는 어린 것을 기른다는 것은 상상외로 힘든

일이다. 그래서인지 작은 아이는 몸이 약해 사흘이 멀다 하고 감기를 앓
거나 설사병에 걸리곤 했다. 그러다가 좀 나았나 싶으면 곧 종두니, 홍역
이니, 백일해니 해서 다시 여의고 말라갔다. 그걸 보는 내 마음 역시 여
기저기 깨지고 부서져 갔다.

지난해 갑술(甲戌)에 있었던 일이다.

평양에 갔던 장모와 큰 아이가 작은 아이를 보겠다며 집에 왔을 때다.
곡우(穀雨, 24절기 중 여섯 번째 절기로 본격적인 농경이 시작되는 때)
가 가까워진 탓에 밤에 고기 사냥을 갔다가 늦게야 자리에 누운 나는 이
튿날 아침 겨우 세수만 한 채 공연히 뜰 안을 왔다 갔다 했다. 어젯밤에
마신 소주가 머리를 무겁게 누르고 있었기 때문이다.

풀이파리를 뜯어서 아이에게 들려주며 뜰 안을 왔다 갔다 할 때였다.
대문 안에서 급하게 나를 찾는 소리가 들렸다. 새벽부터 재수 없게 무슨
일인가 싶었다.

하지만 그것은 청결 통지도 주사를 맞으란 통지도 아니었다. 전주 경
찰서에서 나를 데리러 왔다는 소식이었다.

전주? 의외였다. 하지만 가지 않으면 안 되었다. 그러나 전주라면 여
기서 천 리 길이었다. 관서의 일 읍에선 말만으로 '휴―우' 하고 한숨이
나올 만큼 참빗장수로나 알려진 곳이 아니던가.

나는 덤비지 않으려고 애썼다. 어머니와 가족들이 보는 데서 붙들려
가기는 처음이었으므로 내가 갈팡질팡하면 어른들이나 동생들이 나를
어떻게 볼 것인가 하는 악착스런 생각도 들었다.

그러나 어머니가 평생 써보지 않은 공손한 태도로 경관에게 방석을 권하며 부산을 떠는 모습이 불쾌하기 짝이 없었다. 이에 나는 어머니를 향해 괜히 큰소리를 치고 말았다.

"어머니는 방에 들어가 계세요."

그러나 어머니는 여전히 좌불안석인 듯 '조반이네', '밥상이네'하며 어쩔 줄 몰라 했다.

소주에, 수면 부족에 흐려진 속이 식욕이 날 리 없었다. 더욱이 눈앞에 기다리는 사람을 세워 놓은 채 밥이 얌전하게 목구멍을 넘어갈 리가 있겠는가.

나는 어머니에게 양복과 달걀 두 개만 달라고 했다. 그리고는 달걀을 천천히 깨뜨려 마셨다. 그러는 동안 큰 아이는 나의 옷자락을 꼭 쥔 채 문밖에 서 있는 경관의 칼과 얼굴을 바라보았다. 작은 아이 역시 외할머니에게 안긴 채 무슨 일인지 영문을 몰라 뒤숭숭한 사람의 동정만 이리저리 살피고 있었다.

나는 양복을 입고 모자를 올려놓으며,

"별일 없을 것이니 걱정하지 마시라"고 했다.

그리고 장모를 향해

"며칠 더 쉬었다가 가시라"고 하고서는 그대로 경관을 따라나섰다.

그때 잠시 멈췄던 비가 다시 내리기 시작했다. 나는 바깥 대문 앞에서 기다리고 있던 자동차 속으로 묵묵히 들어가 앉았다. 그리고 언뜻 쳐다보는 눈에 어른들에게 안긴 두 어린 것의 눈이 나를 뚫어지게 바라보고 있는 것을 발견하고는 마치 못 볼 것이나 본 것처럼 얼른 고개를 돌리고 말았다.

그러고 보니 큰 아이가 한 돌이 되어갈 즈음, 교도소에서 제 엄마에게 안겨 나와 면회한 일이 있다. 과연 아이는 그것을 기억이나 할까.

지금 작은 아이는 태어난 지 반 년밖에 되지 않았다. 더욱이 태어난 지 열흘 만에 엄마를 잃고 말았다. 그래서인지 제 언니가 교도소의 어두컴컴한 면회실에서나마 가질 수 있었던 명랑한 안색을 작은 아이에게서는 찾을 수 없다. 무슨 일인지 알리야 없겠지만, 경관에게 끌려가는 아비를 바라보는 그 얼굴에서 말할 수 없는 적막이 느껴졌다.

'아, 이것이 어미 없는 자식의 표정이란 말인가?'

나는 흘러나오려는 눈물을 참을 길이 없었다. 그래서 겉으로는 다른 사람들과 큰소리를 나누며 웃어댔지만 차가 비 내리는 비류강의 나루를 건널 즈음에는 가슴이 막히는 것 같고 목구멍에 몽둥이 같은 것이 치밀어서 눈물을 깨물어 치우기가 곤란할 지경이었다.

내가 5월에 시골에서 올라와 서울에 머물고 있을 때 큰 아이는 외할머니를 따라 서울에 올라와 있었다. 그때 아이는 겨우 '아버지'나 '밥' 같은 몇 개의 단어로나마 자신의 의사를 표현하는 수준이었다. 그런데 그 어린 것이 내가 떠날 때 어른들이 시키는 대로 선뜻 인사를 건네는 것이 아닌가.

큰 아이는 첫 여름 때까지 내 하숙을 가끔 찾아왔다. 하루에도 몇 번씩 아버지한테 가자며 못살게 군다고 하면서 외할머니는 아이를 데리고 나를 찾아왔다. 더욱이 시골에 있는 작은 아이의 소식은 대부분 나를 통해서 들어야 했기에, 제 동생의 안부를 묻기 위해서라도 일부러 나를 찾아왔다.

"동생은 잘 있대?"

이렇게 큰 아이는 내게 제 동생의 안부를 묻곤 했다.

그러나 그런 물음에도 나는 평안하게 대답할 수 없었다.

"응, 잘 있다는데, 네 이름도 부른다고 하더라."

이렇게 대답은 하면서도 아이의 얼굴을 정면으로 쳐다볼 수 없었다.

8월에 시골에 내려가니 작은 아이는 생각했던 것보다 건강하고 튼실해져 있었다.

"아버지에게 절 안 하니?"

할머니가 아이를 윗방으로 밀어 올리자 아이는 곁눈으로 나를 살짝 보고는 아무 말도 없이 그대로 아랫방으로 내려갔다.

"아버지 오면 과자 먹는다고 좋아하더니, 아무것도 안 사 와서 화났나 보다."

나는 이런 말을 못 들은 척하고 윗방으로 건너갔다. 나 역시 아이들에게 과자 봉지라도 사서 오고 싶은 마음이 없었던 것은 아니었다. 하지만 생전 하지 않던 일을 갑자기 하게 되면 제 딸이라고 사다 준다는 말을 들을까 싶어 그만두었다. 사실 그 말도 듣기 싫었을 뿐만 아니라 많은 조카와 동생들을 빼고 내 자식만 챙길 수도 없었다. 그래서 아이가 서운해할 줄 뻔히 알면서도 그대로 빈손으로 오고 말았다. 그리고 집에 내려와도 거의 붙어 있지 않다 보니 아이를 볼 시간이 거의 없었다.

그런데 집을 떠나는 날이었다. 낮에 밖에서 세수하고 있는데, 어머니와 아이가 마루 끝에 서서 나를 바라보고 있는 것이 아닌가.

"밖에 나가자, 할머니!"

그 소리에 나는 씻던 낯을 번쩍 든 채 아이를 쳐다보았다.

말을 한다! 아이가 제법 쉬운 말을 한다는 소리를 편지로 전해 듣기는 했지만, 그것을 마음으로 느껴 본 적은 없었다. 그래서 몇 개나 되나마나 한 단어로 자신의 의견을 표시하는 것이라고 밖에 생각하지 않았다. 그런데 제법 말을 하는 것이다.

아이는 내가 쳐다보는 것을 알고 얼른 할머니 가슴에 머리를 묻었다. 이에 나 역시 묵묵히 다시 두 손에 물을 가득 움켜쥐고 얼굴을 여러 차례 문대었다. 마음이 저리고 눈 자욱이 뜨거워졌다.

이즈음, 나는 두 아이로부터 각각의 소식을 받았다. 작은 아이는 말과 재롱이 늘어간다는 소식이었고, 큰 아이는 감기 기운이 있다는 것이었다. 그리고 공통으로 "아버지 언제 오나?"는 말을 자꾸 어른들에게 물어서 성가시게 구니 한 번 다녀가라는 것이었다. 더욱이 큰 아이는 그즈음 어려서 자신을 안고 찍은 제 엄마 사진을 보면서 이상한 질문을 한다고 했다.

"엄마가 아기를 안고 사진을 찍었어?"

"아기는 난데, 엄마는 어디 갔어?"

아이가 엄마의 소재에 비로소 의문을 갖기 시작한 것이리라.

아이의 외할머니는 처음에는 뭐라고 대답할지 몰라 잠자코 있었다고 한다. 하지만 그것도 못할 짓이어서 잠시 후 먹먹한 표정으로 이렇게 말했다고 한다.

"엄마는 먼 데 갔다."

그랬더니 그다음엔 "뭘 하러 갔느냐?", "나는 언제쯤 아버지, 엄마, 동생과 함께 사느냐?"며 연달아 질문해 그만 아이를 안고 울어 버렸다고 한다.

나는 그 편지를 보고 한참 동안 어쩔 줄 몰라 했다. 사실 아무것도 모르는 아이는 한 번도 자기를 찾아주지 않는 엄마와 한없이 친하고 가까워야 할 아빠와 동생이 한자리에 모여서 웃고 먹고 놀기를 얼마나 희망하고 있을 것인가. 아이는 엄마와 아빠에게 끌려서 동생들과 함께 거리를 쏘다니는 친구들을 볼 때마다 부러움 어린 가슴을 복받칠 것이다. 나아가 다시금 그 즐거움을 느끼지 못하는 자신에게서 적막을 찾을 것이 틀림없다.

하지만 엄마가 영원히 돌아오지 못할 길을 가고 말았다는 것을 알게 되면 대체 무엇으로 아이를 위로하며, 어떤 말로 '죽음'이란 것을 설명해야 할까? 그리고 모든 즐거움 및 기쁨과 영원히 격리된 거리에서 자기네 형제의 외로운 그림자를 찾아낼 때 나는 과연 아이들에게 어떤 이야기를 들려줘야 할까?

나는 편지 조각을 두 손으로 쥔 채 묵묵히 두 아이의 얼굴을 종이 위에 그려보았다.

웃는 얼굴, 우는 얼굴, 화난 얼굴, 그리고 놀라는 얼굴…… 그러나 그 모든 표정의 구석에는 적막과 어미 없이 자란 아이들의 애수가 흐르고 있었다.

을해(乙亥) 12월

-1936년 3월 〈중앙〉

원제 : 그뒤의 어린 두 딸

당신의 눈물은 시가 되고

나의 눈물은 침묵이 되었어요

당신의 눈물은 노래가 되었고

나의 눈물은 수정이 되었어요

만날 때 눈물은 웃음이요

떠날 때 눈물은 슬픔이니

감격의 눈물, 열정의 눈물

눈물이란 모두 위대합니다.

_ 장정심, 〈눈물〉 중에서

슬픈 독백
_이 상

달이 천심(天心, 하늘 한가운데)에 왔으니 이만하면 충분하다. 물(潮) 은 아직 좀 덜 들어온 것 같다. 축축한 모래와 마른 모래의 경계선이 달 빛 아래 멀리 아득하다. 찰락 찰락— 한 여남은(열이 조금 넘는 수) 미터 는 되나 보다. 단애(斷崖, 깎아지른 듯한 낭떠러지) 바위 위에 우리 둘은 걸터앉아 그 한순간을 기다리고 있다.

"자, 인제 그만 일어나요."

마흔아홉 개의 담배꽁초가 내 앞에 무슨 푸성귀 싹처럼 헤어져 있다. 나머지 담배가 한 대 탄다. 이것이 다 타는 동안 나는 마지막 결심을 할 수 있어야 한다.

"어서 일어나요."

선이가 일어났다. 이제는 정말 기다리던 그 순간이 왔나 보다. 나는 선 이 머리를 손으로 걷어 치켜 주었다.

"겁나지 않아?"

"아─뇨."

"좀 춥지?"

"당신은 어때요?"

입술이 뜨겁다. 그 순간, 쉰 개째 담배가 다 탔다. 아무래도 이제 피할 도리가 없다.

"자, 그럼 꼭 붙들어."

"네─"

행복의 절정을 그냥 맨눈으로 넘긴다는 것이 내게는 공포다. 하지만 이 순간 이후 내 몸을 이 지상에 살려둘 수 없다. 그렇다고 해서 선이를 두고 갈 수도 없다.

그러나─

뜻밖에도 파도가 높았다. 이런 파도 속에서도 우리 둘은 한순간도 떨어지지 않았다. 얼마나 떠돌아다녔던지 결국 피로가 몰려 왔다─

죽기 전.

이렇게 해서 죽나 보다. 우선, 선이 팔이 내 목에서부터 풀려나갔다. 동시에 내 팔은 선이의 허리를 놓쳤다. 그 순간 물 먹은 내 귀가 들은 선이의 단말마(斷末魔, 숨이 끊어질 때 내는 짧은 비명).

"○○씨!"

하지만 그것은 내 이름이 아니었다.

순간, 나는 정신이 번쩍 났다.

오냐, 그렇다면—

나는 죽어서는 안 된다.

나는 마지막 힘을 내어 뒷발을 한 번 탕— 하고 굴러보았다. 몸이 깜짝 놀라 갑자기 떠는 듯이 움직인다. 목이 수면 밖으로 나왔을 때 조금 전 둘이 앉았던 바위가 눈앞에 보였다. 파도는 밀물이라 해안을 향해 친다.

잠시 후 나는 바위 위로 기어오를 수 있었다. 그리고 뒤도 돌아보지 않고 가 버리려다가 문득 '선이를 살려야 한다'는 생각이 들었다.

척 늘어진 선이를 안아 올렸을 때 선이의 몸은 아직 따뜻했다.

오호, 너로구나.

너는 평생을 두고 내 형상 없는 형벌 속에서 불행하리라. 그래서 우리 둘은 결혼하였던 것이다.

규방에서 나는 신부에게, 행형(行刑, 형을 집행함)하였다.

어떻게?

갖가지 행복의 길을 수많은 교재를 통해 가르쳤다. 물론 내 포옹의 다정한 맛도.

그러나 선이가 한 번 미엽(媚靨, 보조개)을 보이려 드는 순간, 나는 영상(嶺上, 재의 꼭대기)의 고목처럼 냉담하곤 했다. 규방에는 늘 추풍이 소조히(고요하고 쓸쓸하게) 불었다.

결국, 나는 과로로 인해 무척 야위었다. 그러면서도 눈이 빨간 채 무엇인가를 찾고 있다.

나는 가끔 내게 물어본다.

'너는 무엇을 원하느냐? 복수? 천천히, 천천히 하여라. 네가 죽는 날에야 끝날 일이니까.'

'아니야! 나는 지금 나만을 사랑해줄 동정(童貞, 남자)을 찾고 있어. 한 남자 혹은 두 남자를 사랑한 일이 있는 여자를 나는 결코 사랑할 수 없어. 왜냐고? 그럼, 나더러 먹다 남은 형해(形骸, 생명이 없는 육체)에 만족하란 말이야?'

'허— 너는 벌써 잊었구나. 네 복수가 필(畢, 일정한 의무나 과정을 마침)하는 것이 네 낙명(落命, 죽음)의 날이라는 것을. 네 일생은 네가 부활하던 순간부터 이미 제단 위에 올려 놓여 있는 것을 어쩌나?'

3개월의 시간이 지났다. 형리(刑吏, 형을 집행하는 관리)의 심경에도 권태가 찾아왔다.

'싫다. 귀찮아졌다. 나는 한 번만 평민으로 살아 보고 싶구나. 내게 정말 애인을 다오.'

마호메트의 것은 마호메트에게로 돌려보내야 할 것이다. 일생을 희생하겠던 장도(壯圖, 큰 계획이나 포부)를 나는 석 달 동안에 이렇게 탕진하고 말았다.

"당신처럼 사랑한 일은 없습니다."라든가, "당신만을 사랑하겠습니다."라든가 하는 그 여자의 말은 첫사랑 이외의 어떤 남자에게 있어서도 인사 정도에 지나지 않는다는 것을 결코 잊어서는 안 된다.

"그를 만났지."

"누구를요?"

"○○!"

"그래, 결혼했대요?"

그것이 이렇게까지 선이에게는 걱정이 되는 모양이다. 아니, 될 것이다. 나는 사실,

"아니, 혼자던데. 여관에 머물고 있다던데."

"그럼, 아직 결혼 안 했군. 그래, 왜 안 했을까?"

아, 슬픈 독백이여!

"추물이야, 살이 띵띵 찐 게."

"네? 거, 그렇게까지 조소하진 마세요. 그래도 당신네보다 얼마나 인간미가 있는데요. 그저 인간이 좀 부족하다 뿐이지."

나는 거기서 더 입이 떨어지지 않았다. 후회도 되었다.

물론 선이는 내 선이 아니다. 아닐 뿐만 아니라 ○○를 사랑하고, 그다음 ○를 사랑하고, 그다음—

지금 그녀는 나를 사랑하는…… 척하고 있다. 하지만 나는 그녀만을 사랑한다. 그러니까 우리는—

어떻게 해야 좋을까? 환술(幻術, 사람의 눈을 어리어 속이는 기술)이 천장을 뚫고 떨어지는 물방울에 와르르 무너져 버렸다. 창밖에서는 빗소리가 내 나태(懶怠, 행동이나 성격 따위가 느리고 게으름)를 이러니저러니 하고 시비하는 것만 같다. 그러고 보니 벌써 새벽이다.

－1936년 10월 〈여성〉

원제 : 행복

단발머리 소녀

_이 상

그는 쓸데없이 자신이 애정의 심부름꾼인 것을 자랑하려 들었다. 그러지 않고서는 참을 수 없는 모양이었다. 이에 공연히 서먹서먹하게 굴었다. 그렇게 함으로써 자신의 불행에 고귀한 탈을 씌워놓은 채 늘 인생에 한눈을 팔고 있는 듯했다. 그런데 그만한 소녀와 천변(川邊)을 걷다가 애욕을 내뱉고 말았다. 여기에는 그의 음란한 충동 외에는 다른 아무런 이유가 없었다. 그러나 소녀는 그의 강렬한 체취와 악의의 태만에 역설적인 흥미를 느끼는 듯했다. 이에 아무 거리낌 없이 그의 애정을 용납하고 말았다. 그러자 그는 곧 후회하였다. 그래서 이중의 역어를 구사하여 동물적인 애정의 말을 거침없이 소녀 앞에 다시 쏟고 말았다. 그러면서도 그의 육체와 그 부속품은 이상스러울 만큼 게을렀다.

소녀는 그만 갈팡질팡하기 시작하였다. 그리고 남자를 천하게 대하기 시작하였다. 그랬더니 그는 또 '옳지'하고 카멜레온처럼 다시 태도를 바꾸며, "어서 빨리 애인이 생기기를 바란다"는 둥 스스럼없이 굴었다. 하지만 소녀의 눈은 그의 거짓된 말과 표정을 절대 놓치지 않았다.

투시(透視)한 소녀의 눈이 오만을 장치하기 시작하였다. 소녀는 빙그레 웃었다.

"세상 사람들이 모두 연(衍) 씨를 욕하니, 제가 고쳐 드리지요. 정말 나쁜 사람일지도 모르니까요."

소녀의 말에 그는 가슴이 뜨끔했다. 그냥 코웃음으로 대접할 일이 아니었다. 왜? 사실 그는 사람들에게 욕을 먹고 있는 것도 아닐뿐더러 악인도 아니었다.

그러나 그리고 해서 소녀에게 자그마한 욕구가 없는 것은 아니었다. 아니, 차라리 이것은 한 무적 '에고이스트(egoist, 이기주의자)'가 할 수 있는 최대한의 욕구였는지도 모른다.

그는 결코 하수(下手, 자살) 할 수 있는 진짜 염세주의자는 아니었다. 그의 체취처럼 그의 몸뚱이에 붙어 다니는 염세주의라는 것은 어디까지나 게으른 성격 탓이었다. 더욱이 다른 사람의 염세주의 역시 우습게 아는 고약한 아리아욕(我利我慾, 자신의 잇속과 만족만을 챙기는 것)을 지니고 있었다.

죽음은 식전의 담배 한 모금보다도 쉽다. 그렇건만 죽음은 결코 그의 창호(窓戶)를 두드릴 리가 없으리라고 미리 넘겨짚고 있는 그였다. 다만, 하나 예외가 있음을 인정한다.

A double suicide(한 쌍의 자살, 곧 정사(情死)).

하지만 그것은 결코 애정의 방해를 받아서는 안 된다는 조건이 붙는다. 다만, 아무것도 이해하지 말고 서로서로 '스프링보드' 노릇만 하는 것으로 충분히 이용할 것을 희망한다. 그들은 또 유서를 쓰겠지. 그것은 아마 힘써 화려한 애정과 염세의 문자로 가득 차도록 하는 것인가 보다.

이렇게 세상을 속이고 자신을 속임으로써 본연의 자신을 고귀하게 꾸미자는 것이다. 그러나 가뜩이나 애정이라는 것에 서먹서먹하게 굴며 살아온 그에게 그런 기회가 올 것 같지도 않다. 그런데 뜻밖에 그가 소녀에게 가지는 감정 가운데 좀 세속적인 애정에 가까운 요소가 섞인 것을 알아차리자 그 때문에 몹시 자존심이 상하지나 않았나 하고 위구(危懼, 염려하고 두려워함)하고 또 쩔쩔매었다. 이에 무리인 줄 알면서도 노름하는 셈 치고 소녀에게 'double suicide'를 프러포즈해 본 것이었다. 즉, 되어도 그만 안 되어도 그만인 것이다. 되면 식전의 담배 한 모금이요, 안 되면 소녀를 회피하는 구실을 내외에 선고할 수 있지 않으냐는 것이다.

너무 어두운 속에서 조인된 일이라 소녀가 어떤 표정을 하고 있는지는 자세히 볼 수 없었다. 그러나 그는 항상 태연한 이 소녀를 마음껏 놀려먹을 수 있을 것 같아서 몹시 통쾌했다. 그런데 나온 패(牌)는 역시 '노'였다. 그는 후— 한 번 한숨을 내쉬었다. 그리고 아무 말 없이 몸짓으로만,

"혼자 죽을 수 있는 수양을 하지."

이렇게 한 번 튕겨 보았다. 그러나 이것 역시 새빨간 거짓말이었다.

황량한 방풍림(防風林, 강한 바람을 막으려고 가꾼 숲) 가운데 저녁 노을을 멀거니 바라보며 서 있는 소녀의 모습이 퍽 애처로웠다.

늦가을이라기보다는 초겨울에 가까운 날이었다. 강 너머로 부첩(符牒)과 같은 검은빛 새들이 떼를 지어 날았다. 하지만 발아래 낙엽 속에서는 생물이랄 만한 생물을 찾아볼 수 없었다. 참 적멸의 인외경(人外境, 사람이 살지 않는 곳)이었다.

"싫습니다. 불행을 짊어지고 살아가는 것이 제게는 더없는 매력입니다. 그렇게 버리고 싶은 생명이거든 제게 좀 빌려주시지요."

연애보다도 한 구(句)의 위티시즘(witticism, 경구)을 더 좋아하는 그였다. 그런 그가 이때만큼은 자칫하면 풍경에 패배할 것 같아서 갈팡질팡 그 자리를 피하고 말았다.

소녀는 그때부터 그를 경멸하기보다는 염오(厭惡, 마음으로부터 싫어하여 미워함)했다. 이에 소녀의 침착한 재능의 창(槍)끝이 걸핏하면 그를 침략했다.

5월이 되어 돌발사건 하나가 이들에게 일어났다. 소녀의 단 하나밖에 없는 친구의 오빠가 소녀를 떠난 것이다. 소녀보다 훨씬 더 아름다운 애인이 생겼기 때문이다. 그녀 역시 그녀의 친구 중 하나였다.

사실 그녀는 오빠에게 하루라도 빨리 애인이 생겼으면 하고 바랐다. 그런데 그것이 자신의 친구일 줄이야. 그렇다고 해서 오빠가 동생과의 굳은 약속을 저버릴 줄은 꿈에도 몰랐다.

소녀는 비로소 '세월'이라는 것을 느꼈다. 세월이 소녀의 방심을 어느

결에 통과해 버린 것이다.

　고독─그러던 어느 날 밤, 소녀는 혼자서 눈물을 흘렸다. 깜짝 놀라서 얼른 울음을 그치기는 했지만 소녀는 자신의 어휘로 이를 설명할 수 없었다.

　이튿날 소녀는 교외에 있는 조용한 방에서 그와 마주 앉았다. 그는 예의 그 '위티시즘'과 '아이러니'를 아무렇게나 마구 휘두르며 산비(酸鼻, 슬프거나 참혹하여 콧마루가 시큰한)할 연막을 폈다. 또 소녀가 가장 싫어하는 옷차림을 하고 넙죽 드러누워서 사정없이 지껄였다. 하지만 불필요한 감정싸움을 더는 하고 싶지 않았다. 무엇보다도 피곤했기 때문이다. 사실 소녀는 그보다는 자기 자신에게 이기고 싶었다.

　"이제 다시는 볼 수 없을 것 같아요. 내일 E와 함께 도쿄로 떠나요."

　"그래? 섭섭하군. 그럼 오늘 밤에 기념 스탬프를 하나 찍기로 하지."

　소녀는 고개를 위아래로 가볍게 흔들어 보였다. 상기한 탓도 있겠지만 아무리 생각해봐도 이것은 가장 동물적인 것 이외는 아무것도 아니었다.

　마지막 승부를 가릴 때가 되었나 보다. 소녀는 갑자기 초조해졌다. 그리고 기다렸다.

　오전 한 시가 훨씬 지난 시각, 두 사람은 달빛을 조용히 받으며 산길을 내려왔다.

　어느 날 그는 이 길을 이렇게 내려오면서 삼 전 우표처럼 얄팍한 소녀의 입술에 그의 입술을 건드려 본 일이 있었다. 하지만 그것은 그저 입술이 서로 닿았을 뿐이지— 아니, 서로 음모를 내포한 암중모색이었다고 해도 과언이 아니다. 그리 부드럽지 않은 서로의 피부를 느꼈고, 공기와 입술의 따뜻한 맛은 이렇게 다르다는 사실을 알았을 뿐이므로.

이 밤 소녀는 그의 거친 행동이 몹시 기다려졌다. 이는 거의 역설적이었다. 안 만나기는 누가 안 만나— 하고 조심조심 걷는 사이에 그만 산길이 끝나버렸기 때문이다.

소녀는 골목 밖으로 지나가는 자동차의 '헤드라이트'를 보고 차라리 자신이 서둘러 볼까라는 생각마저 했다. 웬일인지 그렇게 초조하게 굴던 그가 이때만큼은 바늘귀만 한 틈조차 보이지 않았기 때문이다.

그런데 그가 갑자기 잔소리를 늘어놓기 시작했다.

"가령, 자기가 제일 싫어하는 음식을 얼굴 한 번 찌푸리지 않고 먹는 것, 그래서 '맛'을 찾아내고야 마는 것, 이게 말하자면 '패러독스(Paradox, 역설)'지. 요컨대 우리는 숙명적으로 사상, 즉 중심이 있는 사상 생활을 할 수 없게 되어 먹었거든. 지성— 흥, 지성의 힘으로 세상을 조롱할 수야 얼마든지 있지. 하지만 그게 그 사람의 생활을 '리드'할 수 있는 근본에 있을 힘이 되지 않는 걸 어떡해? 그러니까 선이나 나나 큰 소리치지 말아야 해. 일체 맹세하지 말자고 하는 게, 우리가 해야 할 맹세지."

소녀는 그만 속이 발끈 뒤집혔다. 이 싸움은 결코 여기서 그만둘 것이 아니라고 내심 분연하였다. 이따위 연막에 대항하려면 새롭고 효과적인 무기를 장만해야 할 듯했다.

이튿날 밤은 질척질척 비가 내렸다. 그 빗속을 그는 소녀의 오빠와 걷고 있었다.

"연! 이제 내 힘으로는 손을 댈 수가 없게 되고 말았어. 그러니까 네가 뒷마무리나 잘해줘. 아무래도 선이가 대단히 흥분한 모양인데―"

"그건 또 왜?"

"왜라니? 왜 또 딴청이야?"

"딴청을 피우다니. 내가 무슨 딴청을 피웠다고 그래?"

"정말 몰라서 물어?"

"뭘?"

"내가 E와 함께 도쿄에 간다는 거 몰라?"

"그걸 자네한테 듣기 전에 내가 어떻게 안단 말이야?"

"그러니까 선이는 갈 수 없게 된 거지. 선이 하고 E하고 했던 약속이 나 때문에 깨어졌으니까."

"그래서?"

"거기서부터는 자네 책임이지."

"흥!"

"내가 동생보다 애인을 더 사랑했다고 선이가 생각할까 봐 걱정이야."

"하는 수 없지."

선이― 오빠에게서 모든 이야기를 듣고 나는 참 깜짝 놀랐소. 오빠도 그러더군요― 운명을 억지로 거역하면 안 된다고. 나 역시 그렇게 생각하오.

나는 오랫동안 '세월'이라는 관념을 망각해왔소. 그런데 이번에 아주 오랜만에 세월의 무상함을 다시 한 번 알게 되었소. 매우 슬픈 일이오. 그러고 보면 세월을 이길 수 있는 사람은 이 세상에 없는 듯하오. 그러니 흥분하지 마시오.

아무쪼록 이제부터는 나를 믿어주기 바라오. 그 첫 선물로 함께 도쿄에 가기를 '프러포즈' 할까? 아니, 약속하지. 당신이 기뻐해 주지 않는다면 나는 나 혼자 힘으로 이것을 실현해 보이리다.

그럼 당신의 승낙을 기다리겠소.

그는 겸연쩍음을 참고 편지를 우체통에 넣었다. 자신이 생각하기에도 이런 협기(俠氣, 호방하고 의협심이 강한 기상)가 우스웠다. 내가 이 소녀를 건사한다? ― 당분간만 내게 의지하도록 해? ― 이렇게 수작을 해서 소녀가 듣나 안 듣나 보자는 것이었다.

얼마 후 답장이 왔다.

처음부터 이렇게 돼야 했지 않나요? 저는 지금 조금도 흥분하거나 하지는 않습니다. 이런 제가 연(衍)께 감사하다고 말씀드린다면 연께서는 역정을 내실까요? 그렇다면 그 기분만은 제 기분에서 빼기로 하지요.

연을 마음에 드는 좋은 교수로 하고, 저는 연의 유쾌한 강의를 듣기로 하겠습니다. 이 교실에서는 한 표독한 교수가 사나운 목소리로 무엇인가를 강의하고 있다는 것을 안 지는 오래지만, 그 문간에서 머뭇머뭇하면서 때때로 창틈으로 새어 나오는 교수의 '위티시즘'을 귓결에 들었다뿐이지, 차마 쑥 들어가지 못하고 오늘까지 왔습니다. 그렇지만 지금은 벌써 들어와 앉았습니다.

자— 무서운 강의를 어서 시작해주십시오. 강의의 제목은 '애정의 문제'인가요? 아니면 '지성의 극치를 흘낏 들여다보는 이야기'인가요?

엊그제 연을 속였다고 너무 꾸지람은 말아주세요. 오빠의 비장한 출발을 같이 축복해줘야겠지요. 저는 결코 오빠를 야속하게 여긴다거나 하지 않아요. 애정을 계산하는 버릇은 미움받을 버릇이라고 생각하니까요. 참, 세월이오? 연께서 가르쳐 주서서 비로소 그 '세월'을 느꼈습니다. 세월? 좋군요— 교수— 제가 제 마음대로 교수를 사랑해도 좋지요? 안 되나요? 괜찮지요? 괜찮겠지요, 뭐?

단발(斷髮)했습니다. 이렇게도 흥분하지 않는 저 자신이 그냥 미웠기 때문입니다.

단발? 그는 다시 한 번 가슴이 뜨끔했다. 이 편지는 필시 소녀의 패배를 의미하는 것인데, 의논 한 번 없이 머리를 잘랐다니. 혹 이는 새로워진 소녀의 새로운 힘을 상징하는 것은 아닐까. 그런데 갑자기 눈물이 났다. 왜?

머리를 자를 때 소녀의 마음이 필시 제 마음 가운데 제 손으로 제 애인을 하나 만들어 놓고 그 애인이 저에게 머리를 자르도록 명령하게 한, 말하자면 소녀의 끝없는 고독이 소녀에게 1인 2역을 시킨 것임이 틀림없었다.

소녀의 고독!

혹은 이 시합은 승부 없이 언제까지라도 계속되려나— 이렇게도 생각이 들었고— 그것보다도 싹둑 자르고 난 소녀의 얼굴—몸 전체에서 뿜어져 나오는 인상은 과연 어떨지 궁금했다. 차라리 그것이 그에게는 훨씬 더 흥미 있는 일이었다.

- 1939년 4월 〈조선문학〉 17권

원제 : 단발

어젯날이 채 가지도 않아

또 새로운 날이 부챗살을 피며 날아오른다

언덕에는 꽃이 가득 피고

새들은 수없이 가지에서 노래한다.

_박용철, 〈연애〉

이상한 인연

_이익상

신문사를 퇴사하던 이튿날—8월 10일 밤의 일이다. 모처럼 만의 휴식에 한껏 한가로움을 맛보고자 하는 욕심에 석왕사(釋王寺)에 다녀오기로 하고 집을 나섰다.

종로에서 전차를 탈 때부터 나는 여행 기분에 들떠 몹시 설레었다. 여행하는 사람의 특성과 여행의 성질에 따라 여행하는 사람이 느끼는 바는 다르겠지만, 나의 그때 여행은 매우 감상적이었다. 4년이나 다닌 정든 회사를 그만둔 섭섭한 마음 때문이었는지, 내 가슴은 왠지 모르게 두근거렸다.

그렇지 않아도 여행은 고독하기 그지없건만, 그날은 유독 세상의 모든 것을 다 버리고 혼자 떠나는 것처럼 외로웠다. 그런 만큼 사람이 몹시 그리웠다. 이에 전차 안에서 한참 동안 눈을 감고 울렁거리는 가슴을 진정시키고 있을 때였다.

누군가 어깨를 흔들었다. 나는 눈을 번쩍 뜬 채 그를 올려다보았다. 고향 사람 R이었다. 그런데 그의 손에는 여행 가방이 들려 있었다.

"어디 가나?"

그를 향해 물었다.

"누가 어디를 좀 간다고 해서."

"누구?"

"저, 저, 저기……"

그가 말을 더듬거리며 턱짓으로 건너편을 가리켰다. 날씬하고, 얼굴이 하얀 여자 하나가 차창 밖을 내다보고 있었다. 트레머리(가르마를 타지 않고 뒤통수 한복판에 넓적하게 틀어 붙인 여자의 머리)에 에나멜 구두를 신은 것이 유독 눈에 띄었다.

순간, 호기심이 번쩍 일었다. 이에 물어보지 않아도 될 말을 다시 그에게 묻고 말았다.

"어디를 가는 데?"

"원산(元山)으로 해수욕을 간데."

나와 같은 방향이었다. 하지만 그녀는 원산이요, 나는 석왕사였다.

"그러면 나와 한 차로 가겠군?"

그때 여자가 우리 쪽을 향해 머리를 돌렸다. 얼굴에 비해 눈과 입이 눈에 띄게 작았다. 그러고 보니 극장에서 더러 본 듯한 기억이 났다.

"무슨 일이라도 있나?"

"차차 말함세!"

그 후 그는 입을 닫아버렸다. 그러니 꼬치꼬치 캐물을 수도 없었다.

그렇게 해서 우리는 아무 말 없이 기차역까지 가야 했다.

하지만 한 번 호기심을 가진 이상, 그 여자의 행동이 눈에 띄지 않을 수 없었다. 더 놀라운 것은 그 여자를 배웅하기 위해서 따라온 남자가 그 혼자만이 아니었다는 것이다. 그들은 그녀 주위를 감싸고 있었다. 그래서 일까. 그녀는 마치 봉건시대 여왕처럼 교태를 부리고 있는 듯했다.

기차가 떠날 시간이 가까워지자 나는 자리를 보전한 채 그대로 누워버렸다. 혹시나 하고 그녀를 찾아봤지만 보이지 않았다. 그녀와 나는 좌석 등급이 달랐기 때문이다.

매캐한 석탄 냄새와 사람들이 내뱉는 탄산가스로 인해 혼탁해질 대로 혼탁해진 공기를 밤새도록 마신 후, 아침 해가 차창에 비칠 때쯤 기차는 석왕사 역에 도착했다. 석탄 연기에 까맣게 그을린 얼굴 가득 서늘한 새벽바람을 맞으며 나는 출구로 향했다.

그런데 이게 웬일인가. 원산으로 해수욕을 간다던 그녀가 내 앞에 걸어가고 있는 게 아닌가. 무슨 사연이라도 있는 걸까. 그래서 원산에 간다며 거짓말을 했던 건 아닐까. 물론 그녀로부터 직접 그 말을 들은 것은 아니었다. 하지만 R의 말과 전혀 다른 곳에 있는 그녀의 모습이 더욱 호기심이 일게 했다.

그때 그녀가 갑자기 뒤를 향해 돌아섰다. 그리고 나를 쳐다보는 것 같았다. 어젯밤 R과 내가 이야기를 나누는 걸 알고 있는 걸까. 사람을 쳐다보는 것이 뱃속을 훑어내기라도 하는 것처럼 매섭기 그지없었다. 그러고 보니 그녀는 옷이 바뀌어 있었다. 어제와 똑같은 것은 에나멜 구두뿐이었다.

　잠시 후 나는 차를 타고 석왕사 근처에 있는 여관으로 향했다. 그리고 차에서 내리자마자 다시 그녀를 찾았다. 하지만 어디로 사라졌는지 그림자조차 보이지 않았다. 석왕사에 들렀다가 원산에 가려는 것이리라.

　며칠 후—

　그동안 아침저녁으로 약수터에 물을 마시러 다녔던 나는 그 반복된 일상에 적잖이 염증을 느끼고 있었다. 이에 그날 아침은 평소보다 늦게 약수를 마시러 내려갔다. 그런데 그곳에 화장을 정성 들여 한 그녀가 있는 게 아닌가. 때마침 그녀는 물병을 들고 약수터 안으로 들어오고 있었다. 어깨를 서로 나란히 해서 만나는 것은 처음이었다. 그녀 역시 한두 번 본 것이 아니란 걸 알고 있는지 묵례에 가까운 인사를 건넸다. 낯선 여행지에서 이런 친근함을 느껴보는 건 처음이었다. 생각건대, 이런 경우 같은 남성이라도 흐뭇하고 반갑기 그지없을 것이다. 하물며, 꽃같이 아름다운 여성이 인사를 건네는 데 내 마음인들 두근거리지 않을 수 있겠는가. 말할 수 없는 '쇼—크'임에 틀림없었다.

　나는 그녀의 얼굴을 넋을 놓은 채 바라보다가 그만 물을 뜰 타이밍을 놓치고 말았다. 그러자 그녀가 물병을 든 채 나를 멀거니 쳐다보는 게 아닌가. 물을 줄 테니, 컵을 앞으로 내놓으라는 것이었다. 나는 '고맙다'는 말을 건넨 후 컵 가득 물을 받아 여러 번에 걸쳐 나눠 마셨다. 그때가 그녀와 처음으로 말을 나눈 순간이었다.

어디에 묵고 있는지 묻고 싶었지만, 이상하게 생각할 것 같아서 그만두고 말았다. 그리고 그녀는 곧장 산 아래로 내려가고, 나는 일행과 함께 산 위로 올라갔다.

그 후 약수터에 가는 길에 두어 번 더 그녀를 만났다. 그때마다 우리는 가벼운 묵례를 나누었다.

이삼일 후 다른 여관에 머물고 있던 K형과 함께 원산 해수욕장으로 하루 동안 피서를 다녀오기로 했다.

우리는 석왕사 역에서 기차를 타기로 했다. 그런데 그곳에 또 그녀가 있었다. 처음에는 누군가를 마중 나왔거니 했다. 하지만 웬걸 우리와 똑같이 차표를 사지 않겠는가. 그녀 역시 원산에 가는 게 틀림없었다. 하지만 어쩐 일인지 오늘은 본체만체 인사조차 건네지 않았다. 그렇다고 내가 먼저 인사를 건넬 수도 없었다. 그렇게 해서 우리는 기차가 원산역에 도착할 때까지 눈 한 번 마주치지 않았다.

기차 안에서 보니 그녀 옆에는 어머니인 듯한 중늙은이와 동생인 듯한 어린 여자아이가 함께하고 있었다. 하지만 그게 나와 무슨 상관이랴.

잠시 후 원산역에서 내린 그녀 일행은 차를 바꿔 타고 급히 사라졌다. 우리는 시내를 어슬렁거리다가 정오 즈음, 송도원(松濤圓) 해수욕장으로 차를 몰았다.

문득 그녀가 이곳에 오지 않았을까, 라는 생각이 들어 여기저기 살펴봤지만, 그녀의 모습은 어디에도 없었다.

생각할수록 이상했다. 어쩌면 매일 하던 인사를 그렇게 냉정하게 끊어버린 채 모른 척할 수 있단 말인가. 머리가 혼란스러웠다.

그날 저녁, 우리 일행은 다시 석왕사로 돌아가기 위해 원산역으로 갔다. 그런데 이건 또 무슨 일인가. 이번에도 그곳에 그녀가 있지 뭔가.

그녀 역시 다시 돌아가는 길임이 틀림없었다. 아침과 다른 점이 있다면 이번에는 혼자라는 것이었다. 그렇다면 그 중늙은이와 여자아이는 과연 어디로 갔을까.

그렇게 해서 우리는 아침과 마찬가지로 아무 말도 없이 차를 타고 석왕사로 돌아왔다.

그로부터 며칠 후 약수터에서 그녀를 또다시 만났을 때였다. 그녀가 다정하게 인사를 건네는 게 아닌가. 이에 나는 그 인사란 결국 약수터에서만 하는 인사인가보다 하고 혼자 웃고 말았다.

이틀 후—

삼방(三防)에 들렀다가 집에 돌아가기 위해 기차역으로 걸어가고 있을 때였다. 갑자기 차 세 대가 급히 달려오는 것이 보였다. 얼핏 살펴보니, 그중 한 대에 그녀가 타고 있는 듯했다. 그리고 또 한 대에는 그녀와 백중(伯仲, 우열을 가릴 수 없을 만큼 비슷한)을 다툴 만한 미인이 타고 있었고, 나머지 한 대에는 불란서(프랑스)식 수염을 기른 중년 남성이 타고 있었다. 풍채가 당당한 것이 돈깨나 있어 보였다.

기차역에 도착해보니, 과연 그녀가 기차를 기다리고 있었다. 그러나 이번에도 나를 모르는 척했다. 역시나 그 인사란 약수터에서만 건네는 인사였나 보다.

기차가 삼방에 도착하자 나는 서둘러 짐을 챙겨 내렸다. 그런데 이건 또 무슨 일인가. 그녀 일행 역시 이곳에서 내리는 게 아닌가.

그동안 그녀와 나는 서울에서 석왕사까지, 또 석왕사에서 원산까지, 석왕사에서 삼방까지 무슨 약속이라도 한 것처럼 하나가 되어 움직였다. 어떻게 보면 내가 그녀를 미행이라도 하는 듯했다. 그녀 역시 그것이 이상했는지 잠시 나를 쳐다보며 일행과 이야기를 나누었다. 혹시 그들에게 이렇게 말한 것은 아니었을까.

"어머, 저 사람이 나를 따라다니나 봐요"

—이를 바꿔 말하면 그녀가 나를 미행하는 것인지도 모르지만—

나는 깊은 산협(山峽, 산속 골짜기)을 오른 끝에 백수(白水)여관에 짐을 풀었다. 그리고 광장 휴게실에 앉아 K군과 R군에게 그녀와의 기인한 인연에 관해서 이야기하며 함께 웃었다. 그러던 찰나, 양장(洋裝, 옷차림이나 머리 모양을 서양식으로 꾸밈)한 여자가 우리 앞을 지나갔다.

아뿔싸! 이번에도 그녀였다. 그러나 이번에는 서로의 얼굴과 눈을 피할 수 없었다. 그러자 그녀가 머리를 숙여 인사를 받는 사람이 아니면 모를 정도로 슬쩍 인사를 건넸다. 그리고는 서둘러 밖으로 나가버렸다.

"저 여자가 요전에 여기 와서 돈을 물 쓰듯이 쓰고 갔다고 평판이 자자한 여자입니다. 또 올 때마다 함께 오는 남자가 다르다고 하더군요."

내 마음도 모른 채 R군이 손으로 입을 가리며 서둘러 말했다.

그 이튿날까지 그곳에서 그녀를 볼 수 있었다. 그러나 그 뒤로는 함께 온 중년 남자만 볼 수 있을 뿐 그녀의 모습은 어디에서도 볼 수 없었다.

그 뒤 우리끼리 얘기를 나누다 보면 말끝마다 그녀에 관한 얘기가 나왔다. 하지만 누구도 그녀의 정체에 대해서 확실히 알고 있는 사람은 없었다.

──과연 그녀는 뭐하는 여자일까?

서울로 돌아오는 기차 안에서 나는 '혹시 그녀가 타지 않았을까?' 싶은 생각에 차 안 여기저기를 유심히 살폈다. 하지만 그녀의 모습은 그림자도 보이지 않았다.

- 1927년 10월 〈별건곤〉 제9호
원제 : 여행지에서 만난 여자

내 연인이여! 좀 더 가까이 오렴!

지금은 조락(凋落)의 가을, 때는 우리를 기다리지 않나니.

한여름 영화(榮華)를 자랑하던 나뭇잎도

어느덧 낙엽이 되어 저 성둑 밑에서 훌쩍거린다.

좀 더 가까이, 좀 더 가까이 오렴!

한 발자취 그대를 옆에 두고도 내 마음 먼 듯해 미치겠노라.

전신의 피란 피는 열화와 같이 가슴에 올라

오오, 이 밤이 새기 전 나는 타고야 말리니.

까─만 네 눈은 무엇을 생각하고 있느냐?

_오일도, 〈내 연인이여 가까이 오렴〉 중에서

잊을 수 없는 여인

_현진건

"잊을 수 없는 여인!"

제목이 실없이 나를 괴롭게 하였다. 몇 마디 적기는 적어야겠는데 대관절 내게 그런 여인이 있었던가. 녹주홍등(綠酒紅燈, 붉은 등불과 푸른 술이라는 뜻으로 홍등가를 뜻함)의 거리에서 손끝에 스치는 가는 버들이 있을 법하건만 그것은 기어이 오른 알코올의 거품으로 인해 가뭇없이 사라졌다.

나는 기억의 사막을 거닐어 보았다. 한 송이 어여쁜 꽃을 찾아보려고, 한 줄기 그윽한 향기를 맡아보려고. 그러나 내게 그런 아름다운 행복이 있을 리 없다. 잿빛 안개가 겹겹으로 싸인 사막은 쓸쓸하게 가로누웠을 뿐이다. 빛깔도 없고, 윤기도 없는 지난 세월의 감정을 돌아보매, 말할 수 없는 비애가 가슴을 짓누른다.

"여하일소년 홀홀이삼십(如何一少年忽忽已三十)."

어린 시절 읽었던 《음빙실문집(飲氷室文集, 중국 근대 사상가 양계초가 쓴 책)》에 나오는 말이다.

인생 30이면 소위 청춘의 햇발은 젊은 것이 아닌가. 어둑어둑해져 오는 청춘의 황혼에서 못 잊는 정영(情影, 사랑하는 사람) 하나 감추지 못한 과거의 고개를 기울이며 지우는 한숨을 누가 감상적이라고 웃을 것인가! 그러나 긴 말은 그만두자.

오랜만에 감상에 젖은 것도 그 덕분이라고 할까. 이에 물에 빠진 사람이 지푸라기 하나라도 부여잡는 격으로 나 역시 쓸쓸한 과거 감정의 사막에서 어설픈 그림자 하나를 잡아내기는 했다. 그것은 봄 아지랑이보다도 덧없고 희미한 영상에 지나지 않지만, 평생 잊을 수 없는 여인임이 틀림없다.

그 그림자는 칠팔 년 전 길거리에서 두어 번 지나친 어떤 부인의 모습과 매우 비슷하다. 한데 이상하다면 이상한 일이다. 건망증이라면 둘째 가라면 서러워할 나다. 이에 몇 번 봤던 사람도 하루 이틀만 지나면 씻은 듯이 잊어버리는데, 길가에서 지나친 것밖에 아무런 인연이 없는 그 부인을 칠팔 년이 지난 오늘 '잊을 수 없는 여인'으로 떠올리는 건 왜일까. 정말 모를 일이다.

그러고 보니 부인의 얼굴이 점점 더 뚜렷해진다. 가늘고 긴 눈썹─이른바 원산미(遠山眉, 파랗게 그린 먼 산 같은 눈썹이라는 뜻으로, 미인의 눈썹을 이르는 말)─수정같이 맑으면서도 적잖이 붉은 광채가 도는 눈, 작지만 예쁘게 선 콧대, 새빨간 채송화 잎처럼 붉고 작은 입, 수심을 띤 듯 하얀 얼굴빛…… 머리에는 조바위(추울 때 여자가 머리에 쓰는 물건)를 썼든가 쓰지 않았든가, 발에는 분명히 운혜(雲鞋, 조선시대 사대부가의 여자들이 신던 가죽신)를 신었다. 거기에 깨끗한 옥양목 두루마기를 입었는데 홀쭉한 키와 작고 하얀 얼굴이 두말없이 어울렸다. 조그마한 손에는 옥판(벼룻집에 따위에 붙이는 옥 조각) 선지(宣紙, 동양화 그림 등에 쓰이는 종이)의 축(軸, 둘둘 말게 되어 있는 물건의 가운데 끼는 막대)이 항상 들려 있었다. 서화(書畵) 공부를 다니는 어느 심규(深閨, 여자가 거처하는 깊이 들어 있는 방)의 부인이리라.

그 걸음걸이야말로 더욱 선명하게 눈앞에 나타난다. 길바닥이 솜처럼 그 발에 스치는 대로—그렇다. 그녀는 땅을 밟지 않았다. 다만, 곱고, 가볍게, 부드럽게 스쳤을 뿐이다. ―폭신폭신하게 들어가는 듯했다. 흐느적흐느적 화원에 넘나드는 나비의 모습이 과연 그럴까. 구름 위를 걸어가는 선녀의 걸음이 그럴까.

한아(閒雅, 한가롭고 품위가 있음), 전려(典麗, 식에 맞고 아름다움), 균제(均齊, 균형이 잡혀 잘 어울림)의 아름다운 동양적 미가 그의 온몸에 사향(麝香)처럼 피어올랐다.

하지만 이런 것을 적어서 대체 뭘 하잔 말인가. 여기서 그녀의 아름다움을 예찬한들 무엇에 쓸 것이냔 말이다. 두어 번 내 안계(眼界, 눈)를 스쳤을 뿐이고, 그것도 이미 칠팔 년 전 일이거늘.

또 이름도 모르는 그녀를 두고 뇌이고 또 뇌인들 무슨 소용이 있으랴. 속절없는 노릇 아닌가. 그런데 그녀가 나의 유일한 '잊을 수 없는 여인'

노릇을 할 줄이야! 그녀 역시 꿈에도 몰랐으리라. 그런데 이 글을 적는 내 마음은 왜 이리도 쓸쓸하단 말인가.

– 1928년 〈별건곤〉

원제 : 교섭 없던 그림자

사랑하고있는사람앞에선

사랑하고있다는말을안합니다

아니,안하는것이아니라못하는것이

사랑의진리입니다.

사랑하는사람앞에서웃는것은

그만큼행복하다는말입니다.

깨끗한사랑으로오래기억할수있는

나당신을그렇게사랑합니다.

_ 한용운, 〈나 당신을 그렇게 사랑합니다〉 중에서

이탈리아 소녀
_홍난파

산뜻한 옷을 예쁘게 차려입은 파리의 젊은이들은 가벼운 발길로 초여름 밤거리를 이리저리 돌아다니는 것이 유일한 즐거움이었습니다. 그래서인지 어느 카페를 가나 푸른 연기, 붉은 등불 아래서는 청춘 남녀의 웃음소리가 제철이라도 만난 듯 요란스럽게 흘러나왔습니다.

가볍게 속삭이는 정화(情話, 정답게 주고받는 이야기), 외로움을 하소연하는 남자들의 휘파람 소리, 맥주잔이 서로 마주칠 때마다 일어나는 아찔아찔하고도 기분 좋은 음향……. 웃음과 말소리가 꽉 차 있는 그 카페에는 매일 밤 한 젊은 가희(歌姬, 여가수)가 찾아왔습니다. 소녀의 이국적인 용모 역시 확실히 매력적이었지만 아름다운 노래야말로 깊어가는 밤과 함께 청춘의 피를 타오르게 했습니다.

'어디에 사는 누구일까?'

이 소녀의 노래를 들은 사람치고 이런 의문을 품지 않은 사람은 없었습니다. 이에 남자들은 날이 저물기를 기다려 소녀가 나타나기만을 기다렸습니다. 그리고 마침내 이리저리 떠돌아다니는 소녀의 뒤를 쫓아 밤을 새워가며 이 카페 저 카페를 다니는 카페 순례자들의 무리까지 생기게 되었습니다.

그들은 소녀의 정체를 밝히기 위해 별별 수단을 다 써보았습니다. 하지만 누구도 그 비밀을 풀지 못했습니다.

"나요? 베네치아에서 왔어요. 뱃사공의 딸이고요. 이름이요? 성이요? 그런 건 없어요."

소녀는 언제나 쾌활한 음성으로 이렇게 대답했습니다.

이탈리아 소녀! 뱃사공의 딸!

이 말을 들은 사람들은 으레 잔잔한 강상(江上, 강물 위)이나 로맨틱한 곤돌라(gondola, 이탈리아 베네치아 시내에 있는 운하를 운항하는 배)를 연상하지 않을 수 없었습니다. 그리고 거기에다 일종의 알지 못할 달콤한 상상조차 덧붙이곤 했습니다.

그런데 그만 얼마 후 큰 사건이 일어나고 말았습니다. 소녀가 고별인사 한마디 없이 슬그머니 사라지고 만 것입니다. 구슬을 굴리는 듯한 소녀의 노래가 들리지 않게 되자 젊은이들의 발길 역시 자연스럽게 멀어지게 되었고, 보기만 해도 시원하고 씩씩하던 맥주의 빛 역시 검은 구름이 낀 것 같았습니다.

카페의 밤은 마치 부슬비 뿌리는 그믐밤과 같았습니다. 누구든지 서로 만나면 소녀에 대한 이야기로 첫인사를 건넸습니다.

"어떤 신사와 함께 가던 걸……."

"신사?"

"응, 그것도 아주 점잖고 훌륭한 신사였어. 그다지 젊진 않지만, 또 그렇다고 아주 늙지도 않더라고."

소문은 소문을 낳았습니다. 그러나 누구도 제대로 된 사실을 알고 있는 사람은 없었습니다.

'이탈리아 소녀는 어찌 되었을까?'

남몰래 은근히 나오는 한숨과 함께 이와 같은 의문이 몇백 몇 천 번 되풀이되는 동안 몇 개월의 시간이 흘렀습니다.

모처럼 진정되어 가던 젊은이들의 마음에 다시 큰 폭풍이 일어났습니다. 카페란 카페의 둥근 탁자에 둘러앉아 있는 넋을 잃은 젊은이들의 입에서 마치 벼락이라도 떨어지듯이 아우성과 함께 기쁨의 부르짖음이 터져 나온 것입니다.

"오페라 부파로 가자!"

"오페라 부파로!"

이는 곧 이 카페에서 저 카페로 순식간에 퍼졌습니다.

'오페라 부파!

이는 그 당시― 18세기 말― 전성기를 누렸던 파리의 대가극장이었습니다. 초여름 카페에서 갑자기 자취를 감춘 이탈리아 소녀가 이곳에 나타난 것입니다. 소녀는 곧 젊은이들의 마음을 사로잡았습니다. 환호와 갈채, 열광! 모두 소녀의 몫이었습니다. 전부터 소녀를 알던 사람들은 두말할 것도 없거니와 소녀의 노래를 처음 듣는 사람들 역시 놀라지 않는 사람이 없었고, 칭찬을 아끼지 않았습니다.

어제까지만 해도 이탈리아 소녀로, 또는 뱃사공의 딸로만 알았던 이국의 표랑가녀(漂浪歌女, 이리저리 떠돌아다니는 가수)가 오늘에 이르러 파리의 프리마돈나가 된 것입니다.

소녀가 카페로부터 몸을 숨기던 그 날 밤의 일이었습니다. 소녀는 카페에서 나오자마자 한 신사에게 붙잡히고 말았습니다. 그 신사로 말하자면 오페라 부파의 지배인으로 소녀의 아름다운 목소리를 전해 듣고 그녀를 데리러 온 것이었습니다.

하룻밤 만에 표랑의 소녀에서 파리의 프리마돈나로 도약한 행운의 이탈리아 소녀! 그녀의 이름은 '반티 지오르기'입니다.

-1938년
원제 : 이탈리아 소녀

함께 핀 꽃에 처음 익은 사과는

먼저 떨어졌습니다.

오늘도 가을 바람은 그냥 붑니다.

길가에 떨어진 붉은 사과는

지나는 손님이 집어갔습니다.

_윤동주, 〈그 여자〉

고운 유혹에 빠졌다가

도쿄로 건너갔던 해 첫 겨울이니 이럭저럭 벌써 십이삼 년이나 된 이
야기다. (그러고 보니 나도 벌써 옛이야기를 하게 되었다)

방학이 2주밖에 안 되는지라 고향에 돌아올 생각은 꿈에도 하지 못하
고, 대신 시험이 끝난 시원한 마음에 하숙집에서 네 활개를 펼치고 벌떡
드러누워 있을 때였다. 현관문이 열리는 소리와 함께 나를 찾는 목소리
가 들리더니, 잠시 후 하숙집 주인이 전보 한 장을 전해준다.

타지에 나가 있는 사람에게 전보같이 귀찮은 것은 없다. 더구나 연로
한 부모를 둔 사람에게는 더욱더──

다행히 불길한 예감은 빗나갔다.

전보에는 이렇게 쓰여 있었다.

── 여비 암만(밝혀 말할 필요가 없는 값이나 수량)을 보냈으니 곧 다
녀가거라──

할 수 없이 짐을 챙겨 곧 도쿄를 떠났다. 하지만 속 좁은 사람의 속처럼 비좁고 갑갑한 협궤열차를 통해 시모노세키까지 이틀 밤 하룻낮을 간다는 것은 지독한 감기 이상으로 고약하기 그지없었다. 아마 겪어본 사람이면 누구나 다 알 것이다.

그러나 기차가 감기라면 배는 학질(瘧疾, 몸을 벌벌 떨며, 주기적으로 열이 나는 병이다)과도 같았다.

뱃멀미!

그때까지 세 번의 경험으로 미뤄보아 배를 타기 전에 음식을 먹으면 멀미가 더 심해진다는 것을 알았다. 이에 일부러 저녁을 거르고 연락선에 올랐다.

그러나 지나친 배고픔 역시 멀미를 더 심하게 할 뿐이란 것을 한 시간이 못 되어 온몸으로 체득하게 되었다.

넓고 깨끗한 이등실 옆을 지나면서 몇 번이나 돈을 조금 더 내고 갈아타고 싶은 생각이 간절했다. 그러나 눈을 질끈 감고 여덟 시간만 고생하기로 했다.──차라리 부산 동래온천에서 노는 편이 훨씬 더 나았기 때문이다──이에 그대로 삼등실을 향해 내려갔다. 나무 계단이 물큰하고(연하고 부드러운 느낌이 날 정도로 물렁물렁한)하고, 이상한 냄새가 밀려들었다.

그동안 연락선을 몇 번 타고 왕래하면서 새로운 어휘를 하나 배우게 되었다.

빈취(貧臭)──가난 냄새.

이는 가난 때문에 생기는 냄새로 매우 심하고 독특한 냄새를 풍긴다.

가령, 삼등실의 경우 지하 깊숙이 박혀 있어서 공기의 흐름이 원활하지 못한 데다 값싼 페인트와 원자재를 사용해 냄새가 유독 심하다. 더욱이 사람을 손님으로 여기지 않고 화물로 여기는 경우가 많아 정원(定員, 일정한 규정에 의해 정해진 인원)을 넘겨 태우는 경우 역시 많았다. 한마디로 화물처럼 적재(積載, 물건을 실음)하는 것이다. 그 때문에 대륙 가까운 바다 위에서 그런 악성의 저기압이 발생한다면 큰 소동이 일어나지 않고는 배기지 못할 것이다.

좌우간 나는 그 냄새에 반죽음이 되어 이리저리 헤매다가 경우 자리를 하나 얻어 몸을 가로 엎드렸다. 도대체 우주가 넓다고 말한 자는 누구일까.

허구한 날을 두고 바다는 마치 택일이라도 한 듯 이날 밤 유독 풍랑이 높았다. 배가 물결 위로 쑥 올라갈 때는 그래도 괜찮았다. 문제는 배가 힘없이 쑥 내려갈 때였다. 도무지 형언할 수조차 없이 속이 뒤집혔다. 얼마나 힘든지 오장육부를 개복수술 해서 따로 우편으로 부치고 빈 몸뚱이만 배에 올라탔더라면 좋았을 것이라는 생각이 들었다. 뱃속에 든 모든 것이 목구멍을 통해 한꺼번에 넘어오려고 했다.

다행히 먹은 것이 없었기 때문에 추한 꼴은 면할 수 있었다. 하지만 속이 빈 탓에 곱절이나 멀미를 해야 했다.

그런 내 모습이 너무 불쌍해 보였던 것일까.

"차라리 토하세요! 그럼 더 나아요." 라는 말이 등 뒤에서 들려왔다.

일본 여자의 목소리였다.

하지만 나는 돌아보지도 않고 손만 홰―홰 내저었다.

"그럼, 은단(향기로운 맛과 시원한 느낌이 나는 작은 알약)이라도 드릴까요?"

나는 비로소 뒤를 돌아보았다. 하―젊은 여자다. 그것도 눈에 착 들어오는 미인.

하지만 그 순간에 미인이 무슨 대수리요.

나는 고개를 다시 돌리면서 괜찮다고 거절했다.

"돌아서서 은단을 먹으면 한결 나아요."

내심 귀찮았다. 그래서 이번에는 아예 손을 크게 내저었다. 그랬더니 등 뒤에서 호호호 하며 웃는 소리가 들려왔다.

"학생이 아주 고집불통이네! 누군들 귀찮게 하고 싶나……"

하고 악의 없이 중얼거렸다.

"그렇다고 텅 빈 위를 토해낼 수야……"

호의는 둘째 치고 정말 짜증이 났다. 그렇다고 화를 낼 수도 없어 어색하게 웃고 말았다. 그러자 그녀 역시 미안한 듯 따라 웃었다. 그리고 내게 은단을 건넨 후 자신의 찻잔에다 차를 따라주는 등 퍽 곰살갑게 굴었다. 그러면서 뱃멀미가 무서워 점심도 조금만 먹고, 저녁은 아예 먹지 않았다는 말을 듣고 뭐가 우스운지 깔깔거리며 웃었다.

잠시 후 그녀는 내게 밥을 굶으면 멀미가 더 심해진다며, 다음에는 적당히 밥을 먹은 후 배를 타기 삼십 분 전에 수면제를 먹으면 배에 오른 후 바로 잠이 들 수 있다고 가르쳐 주었다.

갑자기 그 여자의 정체가 궁금했다. 하지만 그때 내가 가진 지식으로는 도저히 그것을 알아낼 방법이 없었다. 그도 그럴 것이 그때 내가 가진 여인에 대한 지식은 거의 제로에 가까웠다.

지금 생각해보니 소위 풋내기는 아니었던 듯싶다. 그렇다고 해서 유독 내게만 친절을 베푼 것도 아니다.

얼굴 역시 빼어난 미인은 아니었다. 하지만 개성 있는 얼굴을 좋아하는 내게는 퍽 끌리는 면이 있었다. 동글동글한 얼굴에 볼이 도드라져 귀염성이 있었고, 눈은 둥글고 컸다. 하지만 얼굴 한쪽에 음영이 져 있는 것이 마치 비극의 여주인공 같았다.

이름은 '후미에'였다. 나이는 스물을 갓 넘어 스물둘 아니면 스물셋쯤 되었을 것이다.

그렇게 해서 후미에의 뜻하지 않은 호의 속에 7~8시간을 보낸 후 나는 이튿날 아침 부산에 도착해 기차로 바꿔 타게 되었다. 그러자 심하게 앓던 학질이 떨어져 나가기라도 한듯이 속이 시원해졌다.

후미에 역시 배에서 내려 기차로 갈아탔다. 그것도 내 맞은편에. 여기서부터는 지리적으로 보나, 지난밤에 신세를 진 것으로 보나 내가 대접할 차례였다. 나는 그녀가 섭섭하지 않게 최선을 다했다.

삼랑진쯤 왔을 때였다.

"대전에 몇 시쯤 도착해요?"

그녀가 나를 향해 물었다.

그러고 보니 우리는 대전역에서 헤어져야 했다. 나는 그곳에서 호남선을 갈아타야 했고, 그녀는 하얼빈까지 그대로 가야 했기 때문이다.

"오후 한 시쯤 도착할 것 같습니다."

그러자 한동안 조용히 있더니,

"중간에 어디 온천 없어요?"하고 물었다.

"온천? 온천에 가시게요?"

"아니, 글쎄……."

"진작 말씀하지 그랬어요. 부산에 동래온천이 있었는데!"

"저런!"

그녀가 매우 애석해 했다.

"그건 지나갔으니 할 수 없고, 앞으로는 어디 있어요?"

"대전에서 자동차로 한 삼십 분쯤 가면 유성온천이 있는데……"

"대전에요?"

그 다음 말을 더하기도 전에 그녀가 뭐가 그리 기쁜지 상기된 표정으로 물었다.

"네."

"조용한가요? 또 시설은 어때요?"

"가 보지는 못했지만 좋다고 하더군요."

기차가 대전역에 거의 도착했을 즈음, 나는 짐을 챙기기 시작했다. 그녀는 그런 내 모습을 유심히 지켜보고 있었다.

그러다가 내게 묻기라도 하듯 이렇게 말했다.

"저, 나는 몸이 피곤하고 또 앞으로 며칠을 더 차를 타야 해서 그 유성 온천이라는 곳에서 하룻밤 쉬어 가고 싶은데요……"

"아, 그러세요. 그럼, 그렇게 하시지요."

"그럼, 당신은?"

그제야 나는 비로소 눈치를 채었다. 하지만 마음이 내키지 않았다. 오히려 무서운 생각이 앞섰다. 말하자면 아직 깨어나지 못한 어린 물붕어의 비애랄까.

내가 뭐라고 대답해야 좋을지 몰라 얼굴이 벌게진 채 어물어물하고 있으니 그녀가 다시 말을 건넸다.

"하지만 나 혼자서야 무슨 재미로……"

나는 고향에서 급한 전보를 받고 부랴부랴 가는 길이기 때문에 조금도 지체할 수 없다는 핑계를 대고 말았다. 이에 그녀의 유혹으로부터 황급히 도망치고 말았다.

하지만 그녀는 대전역에서 내가 사다 주는 과일과 도시락을 차창으로 넘겨받으면서도 조금도 노여워하지 않고 여전히 곰살갑게 작별인사를 건넸다.

나는 기차가 멀리 사라질 때까지 그 자리에 우두커니 서서 바라보았다. 그리고 뒤돌아서서 나도 모르게 한숨을 내쉬었다.

- 1936년 6월 〈조광〉

원제 : 고운 유혹에 빠졌다가

오늘은 바람이 불고

나의 마음은 울고 있다

일찍이 너와 거닐고

바라보던 그 하늘 아래 거리건마는

아무리 찾으려도 없는 얼굴이여!

바람 센 오늘은 더욱더 그리워

진종일 헛되이 나의 마음은

공중의 깃발처럼 울고만 있나니

오오, 너는 어드메 꽃같이 숨었느냐?

__유치환, 〈그리움〉

슬픈 우상

_정지용

이 밤에 편안하십니까.

홀로 속말로 당신의 형편을 묻는들 어찌 가볍게 묻겠습니까.

무슨 말씀으로나 좀 더 높일만한, 좀 더 당신에게 적합한 말이 없겠습니까.

눈을 감고 자는 비둘기보다도, 꽃 그림자 옮기는 사이에 몸을 여미며 자는 꽃봉오리보다도, 어여쁘게 주무실 그대여!

그대의 눈을 들어 알아보리까.

속속들이 맑고 푸른 호수 한 쌍.

밤은 듬뿍 그대의 호수에 깃들기 위해 있는 것입니까.

내 감히 금성(金星) 노릇을 하여 그대의 호수에 잠겨도 되겠습니까.

단정히 여미신 입술! 오오, 나의 예(禮)가 혹시 흐트러질까 싶어 다시 가다듬도록 하겠습니다.

여러 가지 이유가 있지만, 그대를 암표범처럼 위엄 있게 우러러보는 까닭 역시 거기 있습니다.

아직 다른 이의 자취가 없는, 그래서 아직도 오를 성봉(聖峯)이 남아 있다면, 오직 하나뿐인 그대의 눈(雪)에 더 하얀 코, 이에 불행하게도 계절이 한창 탐스럽게 피어날지라도 고산식물(高山植物)의 향기 외에는 맡으시지 않습니다.

경건하게 조심 조심히 그대의 이마를 우러르고, 다시 뺨을 지나, 흑단 같은 머리에 겨우겨우 숨은 그대의 귀에 이르겠나이다.

희랍(希臘, 그리스) 이오니아 바닷가에서 본 것도 같은 조개껍데기, 항상 듣기 위해 노력했지만, 도대체 무엇을 들었는지 알 수 없었습니다.

기름같이 잠잠한 바다, 매우 푸른 하늘, 갈매기가 앉아도 알 수 없이 흰 모래, 거기 아무것도 들릴 것을 찾지 못한 때 조개껍데기는 귀를 잠착히 ('참척히'의 원말. 한 가지 일에만 정신을 골똘하게 쏟아 다른 생각이 없이) 열고 있기에 나는 그때부터 아주 외로운 나그네임을 깨달았습니다.

마침내 이 세계는 빈 껍데기에 지나지 않으니, 하늘이 씌우고, 바다가 돌기로서니, 그것은 결국 다른 세계의 껍데기에 지나지 않습니다.

조개껍데기가 잠착히 듣는 것이 실로 다른 세계의 것이었음이 틀림없는데, 내 어찌 서럽게 돌아서지 않을 수 있었겠습니까.

바람 소리도 아무 뜻을 이루지 못하고 그저 겨우 어눌한 소리로 떠돌아다닐 뿐입니다.

그대의 귀 가까이 내가 방황할 때 나는 그저 외롭게 사라질 나그네에 지나지 않습니다.

그대의 귀는 이 밤에도 다만 듣기 위해서만 열려 있기에!

이 소란한 세상에서도 그대의 귀 기슭을 둘러 주검같이 고요한 이오니아 바다를 보았습니다.

이제 다시 그대의 깊고 깊은 안으로 감히 들겠나이다.

깊은 바닷속에 온갖 신비로운 산호를 간직하듯 그대 안에는 가지가지 귀하고 보배로운 것이 가득합니다.

어쩌면 속속들이 그렇게 좋은 것들을 가지고 계십니까. 이에 나는 깜짝 놀라고 말았습니다.

심장(心臟)! 이 얼마나 진기한 것입니까.

명장 희랍의 손에 의해 탄생한 불세출의 걸작 뮤-즈 역시 그 심장을 갖지 못해 미술관에서 슬픈 세월을 보내고 있을 뿐입니다. 그런데 당신은 어떻게 이런 진귀한 것을 갖고 계신 것입니까.

생명의 성화를 끊임없이 나르는 백금보다도 훨씬 더 값진 도가니인가 싶다가도, 어쩌면 하늘과 땅의 유구한 전통인 사랑을 모시는 성전이 아닐까도 싶습니다.

빛이 항상 농염하게 붉으신 것이 바로 그 증거입니다.

다만, 간혹 그대가 세상을 향해 창을 열 때 심장은 부끄러움을 느끼고 영영 안으로 숨어버린 것입니다.

그 외에 폐는 얼마나 화려하고 신선한 것이며, 간과 담은 얼마나 요염하고 심각한 것입니까.

그러나 이들을 지나친 색깔로 논할 수는 없습니다.

그 외에 그윽한 골 안에 흐르는 시내요, 신비한 강으로 풀이할 것도 있지만 대강 사렵(沙獵)하여 지나옵고,

해가 솟는 듯, 달이 뜨는 듯, 옥토끼가 조는 듯 뛰는 듯 미묘한 신축과 마곡을 갖은 적은 언덕으로 비유할 것도 둘이 있습니다.

이러 이러하게 그대를 얘기하는 동안 나는 미궁에 든 낯선 나그네와 같이 그만 길을 잃고 헤매겠나이다.

그러나 그대는 이미 모이고, 옴츠리고, 준비되어 배치와 균형이 완전한 한 덩이로 있어 상아와 같은 손을 여미고, 발을 고귀하게 포개고 있지 않습니까.

그리고 지혜와 기도와 호흡으로 순수하게 통일되었습니다.

그러나 완미(完美, 모두 갖춰져 결점이 없는)한 그대를 말할 때 그대의 위치와 주위 또한 반성하지 않을 수 없습니다.

거듭 말씀드리기 번거롭지만, 본래 이 세상은 빈 껍데기처럼 거짓되고 미덥지 못한 곳입니다. 그런데 어찌하여 고독의 성사(城舍, 성곽)를 차정(差定, 어떤 일을 맡음)하여 있는 것입니까. 명철(明澈, 맑고 투명함)한 비애(悲哀)로 방석을 삼아 누워 있는 것입니까.

이것이 나로서는 매우 슬픈 일이기에 한밤에 짖지도 못할 암담한 삽살개와 같이 창백한 찬 달과 함께 그대의 고독한 성사를 돌고 돌아 수직(守直, 건물이나 물건 등을 맡아서 지킴)하고 탄식할 뿐입니다.

불길한 예감에 떨고 있노니, 그대의 사랑과 고독과 정진으로 인해, 그

대는 그대의 온갖 미와 덕과 화려한 사지(四肢, 양팔과 양다리)에서, 오오, 그대의 전아(典雅, 법도에 맞게 아담함) 찬란한 괴체(塊體)에서 벗어날 아침이 머지않아 오리라.

그날 아침에도 그대의 귀는 이오니아 바닷가의 흰 조개껍데기처럼 여전히 듣고만 계실 것입니까.

그날 아침, 흰 나리꽃으로 당신을 마지막으로 꾸며드린 후 나 역시 그 이오니아 바닷가를 떠날 것입니다.

-1938년
원제 : 슬픈 우상

꽃내음 가득한 서른두 편의 봄 이야기

꽃이 피면 그대가 그립다

윤동주·이 상·김유정 외 지음 | 값 10,000원

맑고 투명한 언어로 차려낸 봄에 대한 아름다운 성찬!

설렘과 기쁨, 그리움… 아름답고 소중한 추억을 일깨우는 꽃내음 가득한 봄 이야기

봄은 설렘과 기쁨, 희망, 그리고 그리움의 계절이다. 또한 사랑의 계절이기도 하다. 이에 많은 내로라하는 작가들이 수많은 작품 속에 봄을 맞는 설렘과 기쁨, 그리움을 담았다.

윤동주, 이상, 김유정, 김영랑, 이효석……

각자 책 몇 권쯤은 너끈히 엮어낼 수 있는 우리 문학을 빛낸 작가들이다. 그렇다면 이 걸출한 작가들은 작품 속에서 봄을 어떻게 묘사했을까?

그들 역시 직접 겪고, 앓으며, 사무쳤던 봄을 맑고 눈부신 언어를 통해 그리고 있다. 생각건대, 세상 그 어떤 아름다운 수식어도 봄을 그들보다 더 가슴 떨리고 아름답게 표현할 수는 없을 것이다.

설렘과 기쁨, 행복, 그리고 그리움 가득한 봄! 다시없을지도 모를 그 봄을 위해 우리 문학사를 빛낸 열여덟 명의 작가들이 직접 쓴 꽃내음 가득한 아름다운 봄 이야기를 담았다. 봄과 사랑을 그리워하는 모든 이에게 좋은 선물이자 뜻깊은 추억이 될 것이다.